EX LIBRIS

Aus der Bibliothek von:

Die drei !!!

Die drei !!!

Ann-Katrin Heger

Die drei !!!

Gorilla in Not

Kosmos

Umschlagillustration von Ina Biber, Gilching
Umschlaggestaltung von Friedhelm Steinen-Broo, eSTUDIO CALAMAR

Unser gesamtes lieferbares Programm und viele weitere Informationen zu unseren Büchern, Spielen, Experimentierkästen, DVDs, Autoren und Aktivitäten findest du unter **kosmos.de**

Weitere Bände dieser Reihe siehe S. 145

MIX
Papier aus verantwortungsvollen Quellen
FSC® C014496
FSC
www.fsc.org

Gedruckt auf chlorfrei gebleichtem Papier

ISBN 978-3-440-15000-9
Redaktion: Natalie Friedrich
Produktion: DOPPELPUNKT, Stuttgart
Druck und Bindung: GGP Media GmbH, Pößneck
Printed in Germany / Imprimé en Allemagne

Die drei !!!

Gorilla in Not

Eine Rosskur für Kim

»Puh, wie das staubt!« Marie wandte ihr Gesicht von Tinka ab und streckte den Arm weit von sich. In der Hand hatte sie einen Pferde-Striegel, den sie mit gerümpfter Nase am Holzzaun der Koppel ausklopfte. »Und du machst das jeden Tag?« Sie musterte ihre Freundin Franzi und dann unglücklich ihre manikürten Fingernägel. Erst gestern hatte sie sich French Nails machen lassen. Das Besondere an diesen Nägeln waren die blütenweißen Nagelspitzen, die jetzt allerdings eher schwarz und schmierig aussahen.

»Ja, auch wenn du es sicher nicht glauben kannst: Ich liebe es, Tinka zu striegeln und ihr die Hufe auszukratzen«, antwortete Franzi.

Liebevoll streichelte sie über das schwarze, seidige Fell der Ponystute.

»Du hast wenigstens nur einen Trauerrand unter den Nägeln«, meinte Kim, die mit zusammengesunkenem Rücken auf dem obersten Balken des Zauns saß. »Den kriegst du leicht wieder weg. Ich aber habe einen Trauerrand um mein Herz. Und der wird immer breiter und breiter.«

Kims Lippen begannen zu zittern und ihre Augen brannten. Schnell wischte sie mit dem Handrücken übers Gesicht, damit ihr die aufsteigenden Tränen nicht über die Wangen liefen.

»Es tut mir leid«, sagte Marie und nahm Kim fest in den Arm. »Das war echt unsensibel von mir. Du hast so schlimmen Liebeskummer und ich habe nur meine Fingernägel im Kopf.«

»Schon gut«, schniefte Kim und legte ihren Kopf dankbar an Maries Schulter. »Mich nervt doch selbst, dass mich die Trennung von Michi so fertigmacht. Immerhin ist es ja schon ein paar Wochen her.« Sie verstummte für einen Augenblick und kramte in der Hosentasche nach einem Taschentuch. »Karfreitag«, fuhr sie düster fort. »Dieser Tag hat sich in meine Seele für immer eingebrannt. Der schwärzeste Tag in meinem bisherigen Leben.«

Jeder konnte in Kims Gesicht sehen, dass sie immer noch trauerte, weil Michi kurz vor Ostern mit ihr Schluss gemacht hatte. Deswegen hatte Franzi Marie und Kim heute überredet, nach ihrem Detektivclub-Treffen im Pferdeschuppen eine Runde reiten zu gehen. Für Franzi gab es nichts, was tröstlicher war: auf Tinkas warmem Rücken zu sitzen, ihren würzigen Duft einzuatmen und mit ihren sanften, schaukelnden Bewegungen zu verschmelzen. Probleme, die zuvor wie reißende Tiger in ihrem Kopf gewütet hatten, schienen sich dann in zahme Kätzchen zu verwandeln. Tinka stupste die Probleme jedes Mal mit ihrem weichen Maul auf und davon, so, als wären sie nie da gewesen. Vielleicht klappte das auch bei Kim?

Franzi trat zu ihrer Freundin, die traurig ins Nirgendwo starrte, und strich ihr sanft über den Rücken. »Mach dir keine Gedanken. Wir sind immer für dich da. Du brauchst Zeit, alles in Ruhe zu verarbeiten. Schließlich war Michi deine erste große Liebe.«

Nun konnte sich Kim nicht mehr zusammennehmen. Alle Tränen, die sie in den letzten Wochen zurückgehalten hatte, quollen nun auf einmal heraus und tropften auf Maries neuen rosa Kuschelpullover. Sie klammerte sich an Marie, als wollte sie sie nie mehr loslassen, und stieß einen lang gezogenen Klagelaut aus, der Franzi durch Mark und Bein ging. Dann flüsterte sie mit tränenerstickter Stimme: »Das Schlimme ist: Er *war* nicht meine große Liebe, sondern er *ist* es noch! Es tut so weh, wenn ich an ihn denke. Als wäre Stacheldraht um mein Herz gewickelt, und immer wenn es schlägt, piksen die Dornen von allen Seiten. Das ist so fies. Michi hat gesagt, er muss kaum noch an mich denken. Und ich? Ich krieg ihn überhaupt nicht aus meinem Kopf …« Sie trommelte mit den Fingerspitzen gegen die Schläfen, als ob sie hoffte, dass Michi auf diese Art und Weise für immer aus ihren Gedanken verschwinden würde.

Franzi sah ihre Freundin erschrocken an. So hatte sie Kim noch nie erlebt. Sie war sonst immer diejenige, die sich nicht so schnell von ihren Gefühlen davontragen ließ. Die, die jeden noch so komplizierten Fall mit ihrem messerscharfen Verstand durchleuchtete. Die, die immer einen Rat wusste. So konnte das nicht weitergehen. Sie musste Kim helfen. Oder es zumindest versuchen. Franzi nahm Tinka beim Zügel und flüsterte der Stute ins Ohr: »Was meinst du, wollen wir Kim ein wenig aufmuntern?«

Tinka senkte den Kopf, als würde sie nicken, und wieherte leise.

Franzi lächelte. »Das denk ich doch auch«, sagte sie zufrieden und führte Tinka zu Kim.

Das Pony stupste Kim mit seinem weichen Maul am Arm. Kim blickte auf und streichelte Tinkas Hals.

»Ich glaube, da wartet jemand darauf, dass du auf seinen

Rücken kletterst«, sagte Franzi. »Komm, ich helfe dir hinauf.«
»Gleich«, schniefte Kim und zerrte ein Taschentuch aus ihrer Hosentasche. Sie schnäuzte sich lautstark und sprang vom Holzbalken der Koppel.
Franzi faltete die Hände zu einer Räuberleiter. Kim stellte ihr linkes Bein hinein und schwang sich mit dem rechten in den Sattel.
»Fühlt sich wackelig an«, meinte sie. »Und irgendwie Cowboy-beinig.«
»Warte ab«, antwortete Franzi und nahm Tinka an die Longe. »Und: Sche-ritt.« Tinka begann, langsam im Kreis zu laufen.
»Lege deinen Oberkörper jetzt nach vorne. Halte dich einfach an Tinkas Mähne fest«, erklärte Franzi. Vorsichtig kippte Kim nach vorn und kuschelte sich an das Pony.
Franzi merkte, wie Kims Muskeln sich entspannten. Sogar das regelmäßige Schluchzen wurde weniger. Die Maisonne schien warm auf die drei Detektivinnen und Franzi hatte das Gefühl, als wäre die Luft aus Honig. Alles geschah ein wenig langsamer, fast wie in Zeitlupe. Sie lauschte. Nur Tinkas Hufe im Sand und ihr schnaubender Atem waren zu hören. Knips! Dieses Bild wollte sie unbedingt in ihrem inneren Fotoalbum speichern.
Nach ein paar Runden richtete Kim ihren Oberkörper wieder auf. »Du hattest recht«, meinte sie. »Das tut wirklich gut. Tinka ist irgendwie …«
»… wie ein großes galoppierendes Trostpflaster?«, schlug Marie vor.

Franzi kicherte. »Guter Vergleich«, sagte sie.
Sogar Kim musste grinsen.
In diesem Augenblick steuerte Karl Winkler, Franzis Vater, auf die drei !!! zu. »Franzi, du glaubst nicht, wer mich gerade angerufen hat!«, rief er laut und beschleunigte seinen Schritt.
»Will Micky Maus sich bei dir in der Praxis durchchecken lassen?«, fragte Franzi. »Oder braucht Benjamin Blümchen, der sprechende Zooelefant, einen neuen Personal Trainer?«
»Haha, sehr witzig, liebe Tochter. Aber mit Benjamin Blümchen lagst du gar nicht so falsch. Es geht tatsächlich um den Zoo. Übrigens: Hallo, Kim, hallo, Marie!«
Die beiden winkten Franzis Papa zu.
»Mach es nicht so spannend, Papa. Also, wer hat angerufen?«
»Erinnerst du dich an Wolf Taler? Als du noch kleiner warst, waren er und ich gute Freunde und wir haben viel zusammen unternommen.«
»Das ist doch der Zoodirektor, oder? Na klar erinnere ich mich. Ich war damals immer gerne bei ihm. Er hatte so viele Tierbücher und gruselige Gläser mit eingelegten Schlangen und so was.«
Herr Winkler lachte. »Ja, genau der. Eigentlich weiß ich gar nicht genau, warum der Kontakt zu Wolf abgebrochen ist. Wahrscheinlich haben wir alle in den letzten Jahren zu viel gearbeitet.«
Franzi legte den Kopf schief. »Jetzt wissen wir zwar, wer angerufen hat, aber immer noch nicht, was er wollte. Es bleibt also spannend.«
Herr Winkler guckte einen Moment verdutzt. »Äh … ach

so … ja. Ihr wisst doch, dass es im Zoo ein Waisenhaus für Baby-Gorillas gibt?«

»Ich habe erst vor Kurzem einen Bericht darüber gelesen«, meinte Kim. »Es ist ganz neu gebaut. Die vielen Baby-Gorillas, die man da beobachten kann, sind total süß. Aber ist es natürlich auch ziemlich traurig.«

»Wieso denn traurig?«, fragte Marie erstaunt.

»Alle Gorillas, die in dieser Gruppe leben, sind Waisen«, erklärte Herr Winkler. »Ihre Mütter sind entweder gestorben oder sie haben ihren Nachwuchs verstoßen. Die Kleinen dort haben aber Glück im Unglück. Die Pfleger im Gorilla-Kindergarten kümmern sich rund um die Uhr um sie. Sie bringen den Babys alles bei, was ein Gorilla können muss. Und wenn sie es gelernt haben, kann man sie in eine bestehende Gorilla-Gruppe eingewöhnen.«

»Hast du nicht während deines Studiums ganz viel über Berggorillas geforscht?«, fragte Franzi.

Herr Winkler nickte. »Deswegen hat Wolf mich auch angerufen. Der Tierarzt, der die kleinen Gorillas normalerweise betreut, ist krank geworden. Und weil er weiß, dass ich mich mit den Tieren auskenne, hat er gefragt, ob ich mich eine Zeit lang um die medizinische Versorgung der Tiere kümmern möchte. Ich habe natürlich sofort zugesagt.«

»Das ist ja toll!« Franzi strahlte ihren Vater an. »Und wann hast du deinen ersten Einsatz?«

»Jetzt. Ich sitze praktisch schon im Auto. Habt ihr drei Lust mitzukommen?«

Eine Viertelstunde später saßen die drei !!! auf der Rückbank des alten Kombis der Familie Winkler. Herr Winkler drehte vorsichtig den Zündschlüssel um. Mit lautem Knattern und einem merkwürdigen Gurgeln sprang das Auto an. Franzis Papa klopfte sacht auf das Armaturenbrett. »Gut gemacht, mein Freund. Du musst nämlich noch ein wenig durchhalten, weißt du.«

Kim blickte Franzi fragend an.

»Das Auto will nicht mehr richtig. In letzter Zeit hat es tausend Macken. Und es fährt nicht mehr so richtig schnell. Aber mein Vater kann sich einfach nicht von ihm trennen«, erklärte sie.

Marie hörte gar nicht richtig zu. Sie hatte die Finger gespreizt und besah sich entsetzt ihre Nägel. Seufzend beugte sie sich nach vorne, kramte in ihrer Tasche und zog eine Nagelfeile heraus. Sie hielt sie wie eine Lanze nach oben und rief: »Hiermit sage ich dem Dreck unter meinen Fingernägeln den Kampf an.« Dabei machte sie ein Gesicht, als stünde sie auf einer Bühne vor tausenden von Zuschauern. Plötzlich kräuselte sie ihre Nase. »Sagt mal, riecht ihr das auch?«, fragte sie.

»Nö, ich rieche nichts«, meinte Kim.

Marie schnupperte erst an Franzi, dann an Kim. »Ihr seid es schon mal nicht«, stellte sie fest. Dabei fielen ihre langen, blonden Haare nach vorne. »Ahhhh«, rief sie entsetzt. »Meine Haare! Das ist ja widerlich!« Sie schüttelte sich. »Der schöne Apfelstrudelduft …«

»Habe ich das gerade richtig verstanden? Du benutzt ein Shampoo mit Apfelstrudelduft?«, fragte Franzi.

»Klar, das ist der neueste Hit von Schaumischaum.« Marie ließ sich genervt nach hinten fallen. »So lecker! Aber jetzt ist es eher … Pferdeapfel-Strudel!«
»Ein Glück, dass wir auf dem Weg in den Zoo sind, da fällst du sicher nicht unangenehm auf«, sagte Herr Winkler und tuckerte gemächlich die Landstraße entlang. »Im Gegenteil. Ich könnte mir vorstellen, dass die Affen diese Kombination sehr zu schätzen wissen und dich interessant finden werden.«
Franzi musste innerlich lachen, als sie Maries Gesicht sah. Ihr Papa hatte ihre Freundin mit seiner Bemerkung beruhigen wollen, aber Maries düsterem Blick nach zu urteilen, hatte er damit wohl kaum Erfolg gehabt.
Franzi blickte aus dem Fenster und betrachtete die vorbeiziehenden Felder. Der Mai war bisher sonnig gewesen und Raps und Getreide wuchsen üppig. Sie mochte den Anblick der sich im Wind wiegenden Halme und Blumen. Und wieder einmal war sie froh, ein wenig außerhalb der Stadt zu wohnen. Das alte Bauernhaus, in dem sie mit ihrer Familie lebte, war gemütlich und hatte genug Platz, um alle möglichen Tiere zu beherbergen. Nicht zuletzt ihr Pony Tinka und ihr Huhn Polly. Außerdem hatten sie sich mit Kim und Marie im alten Pferdeschuppen das Hauptquartier für den Detektivclub *Die drei !!!* eingerichtet. Franzi lächelte, als sie an die Anfänge ihrer Detektivarbeit dachte. Wer hätte damals geahnt, dass sie weit über fünfzig Fälle erfolgreich lösen würden?
Hinter ihnen hupte es mehrere Male ungeduldig und das riss Franzi aus ihren Gedanken. Sie blickte sich um. Durch die Heckscheibe sah sie ein klobiges schwarzes Luxusauto. Der

Fahrer hatte die Arme nach oben gerissen und fuchtelte wild herum.
»Was ist denn mit dem los?«, fragte Kim. »Der ist ja völlig außer sich.«
»Dem sind wir wohl ein wenig zu langsam«, meinte Herr Winkler. »Aber hier darf man nicht überholen. Tja, das wird er wohl aushalten müssen. Schneller fährt unser Auto einfach nicht mehr. Und außerdem sind wir sowieso gleich beim Zoo. Wir müssen nur noch am Golfplatz vorbei.«
Unbeirrt fuhr er in seinem Tempo weiter, ohne sich von seinem Hintermann aus der Ruhe bringen zu lassen. Der war nun dazu übergegangen, sich erst ein wenig zurückfallen zu lassen, um dann in rasantem Tempo so dicht aufzufahren, dass sich die Stoßstangen berührten.
»Der Typ ist gemeingefährlich«, rief Marie. »Der spinnt doch komplett!«
Kim holte ihr Detektivtagebuch und notierte sich das Kennzeichen. »Nur zur Sicherheit«, sagte sie. »Vielleicht entdecken wir später eine neue Delle im Heck.«
»Keine Frage, ihr seid gute Detektivinnen«, antwortete Herr Winkler amüsiert. »Aber herauszufinden, welche der hundertunddrei Dellen neu ist, dürfte sogar euch schwerfallen.«
Er bog in die recht befahrene Straße ein, in der sich der Zoologische Garten befand.
Der Fahrer hinter ihnen hatte mittlerweile sein Hupkonzert fortgesetzt. Diesmal blieb er nicht bei den kurzen Abständen, sondern ließ die Hand auf der Hupe: MÖÖÖÖÖÖÖÖÖP.
Dann raste er auf die Gegenspur, auf der in nicht allzu weiter Entfernung ein Lastwagen entgegenkam, überholte mit röh-

rendem Motor, zog nur Zentimeter vor dem Kombi wieder auf die rechte Straßenseite und bog mit quietschenden Reifen auf den Parkplatz des Golfclubs ein.
Herr Winkler trat mit ganzer Kraft auf die Bremse. Die Reifen blockierten und nach ein paar Metern kam das Auto zum Stehen. Die drei !!! und Herr Winkler wurden erst nach vorn geschleudert und dann von den Gurten in die Sitze gedrückt. Keiner sagte ein Wort. Alle waren wie erstarrt.
Herr Winkler startete das Auto erneut und rollte langsam an den Fahrbahnrand.
»Alles in Ordnung, Papa?«, fragte Franzi. Sie sah, dass ihr Vater am ganzen Körper zitterte.
»Ich glaube … schon«, sagte er gedehnt. »Und ihr?«
Franzi suchte den Blick von Kim und Marie. »Alles okay.«
»Puh, das war knapp«, stöhnte Kim. »Dieser Spinner hat uns in Lebensgefahr gebracht! Ich fass es nicht. Wollen Sie ihm nicht nachfahren, Herr Winkler? Wir müssen ihn zur Rede stellen!«
»Du hast recht, Kim«, sagte Herr Winkler nachdenklich. »Aber ich glaube, so zittrig, wie ich gerade bin, würde das nichts bringen. Der freut sich wahrscheinlich sogar noch, dass er uns so erschreckt hat. Ich parke jetzt und wir gehen zum Zoo. Und dann sehen wir weiter.«
»Kein Problem, ich habe mir ja sein Kennzeichen notiert«, antwortete Kim und klopfte auf ihr Detektivtagebuch. »Der entkommt uns nicht.«

Im Gorilla-Kindergarten

»Karl! Wie schön, dass du es einrichten konntest.« Ein großer, sportlicher Mann um die fünfzig kam mit ausgebreiteten Armen auf Herrn Winkler zu und umarmte ihn fest. Dabei fiel sein Blick auf Franzi. Er löste die Umarmung und musterte sie von oben bis unten. »Mir liegt der ganze Erwachsenenkram auf der Zunge«, sagte er. »Aber dass du groß geworden bist, weißt du ja selbst. Doch in deinem Gesicht sehe ich immer noch das dreijährige Mädchen, das sich die Nase an meinen Terrarien platt gedrückt hat.«
»Hallo, Wolf«, sagte Franzi und streckte dem Zoodirektor die Hand hin. Es war ihr unangenehm, den alten Freund ihres Vater so rührselig zu erleben. Deswegen versuchte sie schnell auf ein anderes Thema zu kommen und sagte: »Ich kann mich sogar noch an die Namen deiner Vogelspinnen erinnern. Halli und Galli – weil sie so schnell rennen konnten.«
»Halli und Galli. Jaja, das waren zwei süße Mädels«, schwärmte Wolf Taler. »Man durfte sie nur nicht zusammenlassen, haha. Sonst gab es Gerangel.«
Uffz. Franzi war erleichtert. Mission erfüllt. Ihr Ablenkungsmanöver war erfolgreich gewesen.

Wolf Taler begleitete Herrn Winkler und die drei !!! in das Gorilla-Haus. Alles war bunt und hell. Selbst der Besucherraum mit seinen regenbogenfarbenen Stühlen lud dazu ein, sich hier ein wenig mehr Zeit zu nehmen als vor den anderen

Tiergehegen. Allerdings waren kaum Besucher da. Komisch, dachte Franzi. Denn das, was sie hinter der langen Glaswand sah, war einfach *zu* niedlich.

Drei Babygorillas spielten Fangen und bewarfen sich mit den Kuscheltieren, die auf dem Boden lagen. Von den Decken hingen lange Seile, und die Kleinen schwangen sich kreuz und quer durch den Raum und quiekten vergnügt.

»Das hier ist unser Gorilla-Kindergarten«, erklärte Wolf Taler. »Hier lernen die Tiere alles, was sie später im Familienverband wissen müssen: Spielen, Kämpfen, Füreinandersorgen und so weiter.«

Der Zoodirektor ging zu einer Tür, die in den hinteren Bereich des Gorilla-Hauses führte, öffnete sie und rief: »Annette, darf ich dir ganz besonders lieben Besuch hereinschicken? Ich bin dann mal mit dem neuen Tierarzt unterwegs und zeige ihm alles.«

»Alles klar, Wolf. Ich schnipple gerade Obst für die ganze Affenbande. Besuch stört überhaupt nicht«, hörten die drei !!! eine helle Frauenstimme sagen.

Neugierig traten die drei ein. Eine junge Frau mit einer grünen Latzhose saß an einem Holztisch und zerteilte Bananen. Ein kleiner Gorilla mit einer zerfransten Plüschgiraffe in der Hand guckte sie mit großen Augen an, kletterte Annette ängstlich auf den Schoß und umklammerte sie fest.

»Schon gut, Sunima. Du brauchst keine Angst zu haben«, sagte sie und kraulte dem Gorillamädchen den Rücken. Dann stand sie auf und streckte den drei !!! die freie Hand entgegen. »Ich bin Annette. Tierpflegerin bei den Menschenaffen. Gerade allerdings ausschließlich die Pflegemutter Su-

nimas und der drei anderen Racker dort draußen. Die brauchen nämlich Rundumbetreuung. Und wer seid ihr?«
Die drei !!! stellten sich vor. Franzi bemerkte, dass die kleine Sunima immer wieder einen scheuen, aber interessierten Blick auf Marie warf. Schließlich sprang sie von Annettes Arm und kletterte auf ein halbhohes Regal, das neben dem Küchentisch stand. Langsam, aber stetig pirschte sie sich in die Nähe von Marie. Dabei starrte das Gorilla-Baby unverwandt auf Maries silbernen Glitzergürtel. Offensichtlich überlegte es, wie es am besten an dieses Wunderdings herankommen konnte. Es sah seine Plüschgiraffe fragend an und tippte dann mit dem Zeigefinger auf die glänzenden Pailletten.
»Ja, mein Mädchen, das ist toll, nicht wahr?«, sagte Annette lachend. »Die Neugier siegt zum Glück immer über die Angst.«
Sunima machte einen zustimmenden Quietschlaut und gab ihrer Plüschgiraffe mehrere Küsse.
»Sunima ist noch nicht lange hier«, erklärte Annette. »Sie braucht sehr viel Nähe, deswegen habe ich sie mit in die Küche genommen. Aber sie hat sich den Umständen entsprechend gut eingelebt und macht auch schon ziemlich viel Quatsch und Unfug, wie ihr seht.«
»Ist ihre Mutter gestorben?«, fragte Kim.
Annette nickte. »Ja, leider. Zum Glück wurde Sunima gefunden und ist jetzt hier.«
Das Gorillamädchen hatte verstanden, dass über es geredet worden war. Jetzt sah sie Franzi mit ernsten Augen an.
Franzi ging in die Hocke, streckte dem Gorillababy ihre

Hand entgegen und flüsterte: »Kleine Sunima, jetzt bist du zum Glück hier. Annette kümmert sich um dich und du hast hier drei wilde Stiefgeschwister, mit denen du raufen und toben kannst.«

Sunima lief wackelnd zu Franzi und legte ihre kleine schwarze Hand auf ihre Wange, als wollte sie ihr sagen, dass sie sich keine Sorgen zu machen brauche. Dann kletterte sie auf ihren Arm, kuschelte sich an ihren Oberkörper und steckte den Daumen in den Mund.

»Das ist total niedlich«, sagte Kim. »Sunima ist fast wie ein Menschenbaby. Und sie scheint dir zu vertrauen, Franzi. Vorhin war sie noch so ängstlich und jetzt guck mal, wie sie sich an dich klammert.«

»Kim hat recht«, sagte Annette. »Sunima ist normalerweise eher vorsichtig. Ich habe einige Zeit gebraucht, bis sie keine Angst mehr vor mir hatte. Aber bei euch scheint es gleich gefunkt zu haben.«

Franzi freute sich. Offensichtlich mochte das Gorillakind sie besonders gern. Ein wenig stolz nahm sie Sunimas Hand, die immer noch auf ihrer Wange ruhte. Dabei bemerkte sie etwas Seltsames: Am Zeigefinger fehlte der Fingernagel.

»Was ist denn da passiert?«, fragte sie Annette erschrocken. »Hatte Sunima einen Unfall?«

»Ach, nein, das ist halb so wild. Der Arzt meint, das habe sie schon seit der Geburt. Der Nagel fehlt einfach. Und hier im Zoo hat sie deswegen auch keine Nachteile.« Sie nahm die Schüssel mit den Bananen vom Tisch. »Kommt ihr mit? Meine drei anderen dunkelhaarigen Kinder warten sicher schon sehnsüchtig auf ihre Nachspeise.«

Die drei !!! spielten den ganzen Nachmittag mit den Gorillakindern Sunima, Paco, Pepe und Maria. Da die vier die Bananen in null Komma nix aufgegessen hatten, übte Kim danach mit Maria Purzelbäume schlagen. Paco und Pepe hatten riesigen Spaß daran, mit Marie die wildesten Grimassen zu ziehen und vor einem großen Spiegel Affenposen einzunehmen. Ab und zu schnüffelte Marie zwar noch mit gerümpfter Nase an ihren Haaren, aber der Spiegel und ihre zwei dankbaren Schauspielschüler lenkten sie schließlich von dem Geruchsproblem ab.

Franzi blickte ab und zu durch die Glasscheibe nach draußen. In der letzten Viertelstunde war kein einziger Zoobesucher zu sehen gewesen. Merkwürdig. Na ja, dann konnte sie sich in aller Ruhe um Sunima kümmern. Die war ihr nämlich nicht mehr von der Seite gewichen. Für Franzi stand fest: Dies war nicht ihr letzter Besuch im Gorilla-Kindergarten. Sie musste Sunima auf jeden Fall wiedersehen. Wie gut, dass ihr Vater nun öfter zum Zoo fahren musste …

In diesem Augenblick öffnete sich die Tür und ein schlaksiger junger Mann betrat das Gehege. Sofort stürmten die Gorillakinder auf ihn zu und begrüßten ihn. Alle – bis auf Sunima, die mittlerweile in Franzis Arm eingeschlafen war.

»Hi, Philipp«, sagte Annette und hob zur Begrüßung die Hand.

Der junge Mann nibbelte unsicher am Schirm seiner roten Baseballkappe herum.

»Hallo, Annette«, antwortete er. Dann bemerkte er die drei !!!. »Du hast Besuch?« Er klang enttäuscht.

»Das sind Franzi, Kim und Marie. Franzi ist die Tochter unseres Aushilfstierarztes und Kim und Marie sind ihre Freundinnen. Und das ...«, Annette zeigte auf Philipp, »... ist Philipp Meixner. Er schreibt seine Doktorarbeit über verwaiste Gorillas, sitzt meistens still in der Ecke und macht sich Notizen. Manchmal vergesse ich sogar, dass er da ist.« Annette lachte Philipp an. Doch der fand Annettes Scherz anscheinend überhaupt nicht komisch und verzog sich ohne etwas zu sagen auf einen Drehsessel, der, für die Besucher des Zoos unsichtbar, in der Ecke stand. Unbekümmert ging Franzi zu ihm, reichte ihm die freie Hand und sagte: »Hi. Cooles Fachgebiet, das du dir da ausgesucht hast. Mein Vater hat sich früher viel mit Gorillas befasst. Falls du also eine Frage hast ... er hilft dir bestimmt gerne.«

Philipp ignorierte Franzis ausgestreckte Hand, verschanzte sich hinter einem dicken Aktenordner und starrte unverwandt darauf. »Nicht nötig. Ich hab alles im Griff!«, grunzte er. »Wenn du mich jetzt bitte in Ruhe lassen würdest? Du siehst, ich muss jetzt wirklich anfangen zu arbeiten!«

Franzi verschlug es die Sprache. Warum war dieser Philipp denn dermaßen unfreundlich zu ihr? Ohne ein weiteres Wort ging Franzi zu den anderen zurück.

»Puh. Der hat ja eine Laune. Wie vom wilden Affen gebissen. Nimm das bloß nicht persönlich«, flüsterte Annette. »Er steht ziemlich unter Stress, weil er seine Doktorarbeit bald abgeben muss.«

BONGBUMM! KLONG! PONG!

Irgendetwas prasselte auf das Metalldach des Affenhauses und verursachte einen schrecklichen Krach.

Sunima wachte mit weit aufgerissenen Augen auf und klam-

merte sich kreischend an Franzi. Paco und Pepe hielten sich die Arme über den Kopf und versteckten sich unter einer Wolldecke.
Maria fiel vor Schreck aus der Hängematte, auf der sie gedöst hatte, plumpste wie eine reife Kokosnuss auf den Boden und hielt sich die Ohren zu.
PONG! KLONG! BUMM!
»Was ist das?«, schrie Kim gegen den Höllenlärm an.
Annette formte die Hände zu einem Trichter und rief: »Das? Das ist mal wieder ein Gruß von unserem reizenden Nachbarn Bäumler.«

»Da drüben«, rief Kim. »Da ist er!«
Franzi hatte Sunima bei Annette gelassen – auch wenn es ihr schwergefallen war – und die drei !!! waren nach draußen gerannt.
Nun standen sie am Zaun, der das Zoogelände zum Golfclub abgrenzte, und beobachteten, wie ein kräftiger Mann seelenruhig seinen Golfschläger zurück in seine Tasche steckte.
»Wie können Sie es wagen, Golfbälle auf das Dach des Affenhauses zu schießen?«, rief Kim dem Mann zu. »Die Gorillababys haben sich zu Tode erschreckt!« Der Mann drehte sich langsam um. Moment mal.
In Franzis Kopf ratterte ein Gedanke los. Woher kannte sie dieses Gesicht? Na klar, das war doch der gemeingefährliche Fahrer! Gerade wollte sie losschimpfen, aber Marie kam ihr zuvor.
»Sie … Sie … Sie …«, fauchte sie. »Mit Ihnen haben wir doch sowieso noch ein Hühnchen zu rupfen. Sie haben uns

fast über den Haufen gefahren! Und das ganz absichtlich! Sie haben doch wirklich nicht alle Golfbälle im Loch, oder wie man das bei Ihnen so sagt.« Wütend fuhr sie sich durch die langen, blonden Haare und funkelte den Mann böse an.

»War's das? Dann kannst du dich jetzt wieder abregen. *Ich* kann eben Auto fahren, im Gegensatz zu dem Opa in eurem Wagen. Superschnell und supergut.« Der Mann grinste die drei !!! provozierend an. »Aber beim Golfspielen passiert mir ab und zu noch ein kleiner Fehler.« Er nahm den Schläger wieder aus der Tasche, legte einen Golfball auf den Boden und schlug ihn zielgerichtet auf das Dach des Affenhauses. PLONG! Er tat erschrocken und schlug sich dann dramatisch die Hand vor den Mund. »Ups, jetzt ist es mir doch glatt wieder passiert. So was Dummes aber auch. Das kommt davon, wenn die Stadt diesen Affenzirkus da drüben bevorzugt. Der Golfplatz hätte das Gelände viel besser brauchen können. Wir haben einfach nicht genug Platz hier.«

»Sie sollten sich schämen«, zischte Kim. »Hören Sie bloß auf damit, sonst kriegen Sie es mit uns zu tun. Und wehe, Sie tyrannisieren die armen Gorilla-Babys noch mal.«

»Ach je. Du willst mir drohen? Da bin ich ja mal gespannt. Am Ende werde *ich* sicher nicht der Verlierer sein«, antwortete der Mann und ging wippend davon.

»Dieser Typ ist ja wohl das Allerletzte«, stöhnte Marie, als die drei !!! zu Annette ins Affenhaus zurückkamen.

»Ich würde gerne noch einen Schritt weiter gehen: Er ist sogar das Allerallerletzte«, sagte Franzi grimmig. Doch als Sunima die kurzen Arme nach ihr ausstreckte, hellte sich ihr

Gesicht wieder auf. »Komm her, meine Süße«, sagte sie und hob sie hoch. Sofort vergrub Sunima ihre Nase in Franzis T-Shirt.

»Dein Vater hatte recht«, meinte Marie schmunzelnd. »Sunima scheint vom Tinka-Geruch ganz begeistert zu sein.«

Franzi strich Sunima sanft über den Kopf. Insgeheim hoffte sie, dass Sunima nicht nur Tinkas Geruch, sondern auch ihren, Franzis Geruch, leiden konnte.

»Warum benimmt sich dieser Herr Bäumler denn so unmöglich? Was haben ihm die armen Gorillas denn getan?«, fragte Kim.

»Wartet mal. Ich zeige euch was«, sagte Annette und ging ins Büro.

In nächsten Augenblick kam sie mit einer dicken Mappe zurück. »Das hier hat uns dieser Bäumler eingebrockt.« Sie ließ die Akten auf den Küchentisch knallen. »Anzeigen wegen Geruchsbelästigung und Anzeigen wegen Lärmbelästigung. Fast wöchentlich erstattet er eine neue. Und das nur, weil der Zoo das Grundstück für den Bau des Gorilla-Waisenhauses bekommen hat und nicht der Golfplatz. Er kann sich einfach nicht damit abfinden, dass er bei der Vergabe leer ausgegangen ist.«

»Boah, ist das fies. So einen schlechten Verlierer hab ich ja noch nie gesehen. Könnt ihr euch denn gar nicht wehren? Zum Beispiel ihn auch wegen Lärmbelästigung anzeigen, oder so?«, fragte Marie.

»Solange er behauptet, der Golfballhagel sei unabsichtlich, können wir nichts gegen ihn tun.« Annette seufzte tief. Auf Franzi wirkte es, als würde sie beim Ausatmen den ganzen

Ärger über den Golfclubbesitzer Bäumler hinauspusten wollen. Und irgendwie schien das sogar zu funktionieren, denn Annette sah die drei !!! zufrieden an und sagte: »Na, vergessen wir diesen missgünstigen Schlägertypen. Der kann uns doch die Laune nicht wirklich verderben, stimmt's? Übrigens: Es war total super, dass ihr mir heute mit den Fellknirpsen geholfen habt. Es hat wirklich Spaß gemacht. Kommt doch mal wieder vorbei!«

Gemischte Gefühle

Bei ihrer Schwester Chrissie war es mal so und mal so. Franzi wusste nie so richtig, ob sie einen guten Tag hatte oder nicht. Wahrscheinlich hing es davon ab, ob sie *grundsätzlich* einen guten Tag hatte oder nicht. Doch heute konnte sich Franzi langes Rätselraten sparen. Chrissies Laune war eindeutig dunkelmies.

Doch davon hatte sich Franzi nicht abhalten lassen. Sie musste einfach von ihrem unglaublichen Erlebnis mit Sunima erzählen. Haarklein. Mit Wiederholungen an den Stellen: »so süß«, »weiches Fell« und »beim Kuscheln Händchen gehalten«. Frau Winkler hörte aufmerksam zu, während sie die Zutaten für einen Kuchen abwog. Der Backservice, den sie seit einigen Monaten betrieb, war sehr erfolgreich.

Chrissie saß auf der Küchenbank, trommelte mit den Fingerspitzen auf den Küchentisch und starrte ihre Mutter und Franzi abwechselnd angriffslustig an. »Ich verstehe: Du hast also den ganzen Nachmittag mit einem Affen geknutscht«, sagte sie schließlich und verzog angewidert das Gesicht. »So wie Tarzan.«

»Wenn schon: wie Jane«, antwortete Franzi.

»Wer ist Jane?«

»Na, das ist die Freundin von Tarzan!« Franzi schnappte sich eine leere Rührschüssel vom Tisch. Zufrieden sah sie, dass noch ein paar Teigspuren darin waren, und holte sie mit dem Finger heraus.

»Aber der Vergleich hinkt trotzdem«, sagte Frau Winkler.

»Cheetah, der Affe von Tarzan und Jane, ist ein Schimpanse und kein Gorilla wie Sunima.«

»Okay, okay. Ihr seid aber genau. So viel Info muss ich erst einmal verdauen. Und das geht am besten zusammen mit: Kuchen. Viel Kuchen.« Chrissie griff sich ein Stück Bienenstich vom Blech, das neben ihr stand.

»He, Naschkatze, Pfoten weg.« Frau Winkler hob warnend den Zeigefinger. »Den brauche ich für einen Kindergeburtstag.« Sie fuhr sich mit der Hand über die Stirn. »Ich bin froh, wenn ich diesen Auftrag hinter mir habe. Die haben vier Kuchen zum Thema Tiere bestellt. Puh. Der Bienenstich, die Nussschnecken und der Ameisenkuchen sind schon fertig. Jetzt fehlt nur noch einer. Ihr habt nicht zufällig eine Idee, oder?«

Franzi dachte nach. Mm, ein Tierkuchen? Ihr schwirrte nur das kleine Gorillamädchen im Kopf herum. Die war zumindest ein Tier. Immerhin. Also: Sunima? … Gorilla? … Affe! … Ha!

»Ich hab's.« Franzis Stimme klang aufgeregt. »Wir haben doch noch etwas von den getrockneten Früchten des Affenbrotbaums, die deine Freundin Katja mitgebracht hat?«

Frau Winkler nickte.

»Dann können wir doch einen Schoko-Affenbrotbaumkuchen backen. Und obendrauf streichen wir das leckere Bananenmus, das wir letzte Woche gemacht haben!«

»Cool«, sagte Chrissie und ihre Augen leuchteten auf. Ob nun die Aussicht auf den Affenkuchen oder auf das Backen den Umschwung ihrer Laune bewirkt hatte, konnte Franzi nicht sagen. Aber das war ihr in diesem Moment auch egal.

»Tja, Affenbrotbaumkuchen. Keine Ahnung, ob es so etwas schon mal gegeben hat. Auf der anderen Seite: Mit Marmorkuchen allein ist noch niemand berühmt geworden.« Frau Winkler griff entschlossen die Dose mit den getrockneten Früchten des Affenbrotbaums. »Probieren wir es aus!«

Kurze Zeit später standen zwei warme Affenkuchen auf dem Küchentisch: der Auftragskuchen und ein kleinerer Probierkuchen. Franzi strich gerade die letzten Reste des Bananenmuses darauf.
Normalerweise machte sie sich gar nicht so viel aus Kuchen, aber dieser Kuchen duftete einfach unwiderstehlich.
»Fertig«, sagte sie. »Riecht nach *absolut* unverzichtbar und nach *niemals* aufhören! Mal sehen, ob er hält, was er verspricht …« Sie schnitt ein Stück ab und schob es in den Mund. Der Kuchen schmeckte süß und würzig zugleich, saftig und dennoch duftig-locker. Mm.
Franzi konnte nicht anders. Sie schloss genießerisch die Augen.
Es blieb für sie dabei: Dieser Tag war einfach affenstark!

Detektivtagebuch von Kim Jülich
Sonntag, 19:19 Uhr
Heute Vormittag hatten wir ein kurzes Clubtreffen. So kurz wie dieser Tagebucheintrag, denn es gibt keinen neuen Fall. Nicht mal eine kleine Ungereimtheit, die sich zu einem Fall auswachsen könnte. Fallfreie Zeit ist ja immer doof, finde ich. Doch gerade finde ich es noch doofer als sonst, denn ein spannender Fall könnte mich wenigstens von »bestimmten Gedan-

ken« ablenken. (Dass das klappt, hat man ja auf dem Kreuzfahrtschiff gesehen!)

Geheimes Tagebuch von Kim Jülich
Sonntag, 19:23 Uhr
Ja, ich weiß schon! Ihr müsst mich nur ansehen und ihr kennt meine Gefühle. Na und? Meine Gedanken will ich aber gerne für mich behalten. Und zwar GANZ allein für mich, verstanden? Wer das missachtet, muss eine Stunde Golfbälle für Herrn Bäumler aufsammeln. (Länger kann ich trotz meiner Rachegelüste nicht verantworten – ich bin schließlich kein Unmensch.)
Der Liebeskummer hat mich wieder voll im Griff. Keine Ahnung, wie das kommt, denn kurz nach diesem schrecklichen Karfreitag, an dem mir das Herz gebrochen wurde, ging es mir besser als jetzt. Natürlich auch nicht wirklich gut, aber da fühlte sich alles noch so unecht an. Ich glaube, ich war in einer Art Schockstarre. Und jetzt tropft die Wirklichkeit so nach und nach wie Gift in meine Seele. Und macht alles kaputt, was vorher schön und bunt war. Ach, Michi, warum? Ich vermisse dich so sehr. Du siehst keine Chance mehr für uns. Und ich? Ich muss immer an unsere Träume denken, die wir hatten. Die dir aber mit einem Mal nichts mehr bedeuten. Das tut so weh.
Zum Glück habe ich Franzi und Marie! Habe ich schon mal geschrieben, dass sie die besten Freundinnen ever sind? Bestimmt.
Aber man kann es nicht oft genug sagen: Franzi, Marie, ihr seid wunderbar! Ohne euch würde ich diesen Seelensumpf definitiv nicht überleben.

Heute hat mich Franzi gezwungen (äh … nein, das Wort ist nicht ganz richtig. Vielleicht: intensiv überredet?), Tinka zu striegeln und eine Runde auf ihr zu reiten. Sie sagt, bei ihr bewirkt das in allen Traurigkeitslagen Wunder. Zugegeben: Ich war ja erst nicht so überzeugt. Was soll das schon verändern, wenn man ein paar Runden auf einem Pferd herumhoppelt … Aber dann passierte ganz schön viel mit mir: Beim Striegeln und Hufeauskratzen bin ich zum ersten Mal seit Langem wieder ganz ruhig geworden und habe mich nicht so zerrissen gefühlt von all dem Michi-Schmerz. Tja, und was soll ich sagen? Dieses Gefühl hat den Tränenstau gelöst und ich konnte plötzlich wieder weinen. Und das hab ich auch getan. (Maries Pullover war dann an der Schulter ganz nass.) Hinterher hat sich alles viel leichter angefühlt, und als ich auf Tinkas Rücken saß, wusste ich ganz tief in mir drinnen, dass alles wieder gut wird. Vielleicht noch nicht jetzt, vielleicht noch nicht morgen, aber irgendwann.
Dann ist noch etwas wirklich Cooles passiert. Herr Winkler hat einen Auftrag als Aushilfstierarzt im Zoo angenommen. Er soll Gorillababys betreuen. Und das Beste ist, er hat uns gleich mitgenommen und wir durften ins Gehege der süßen, kleinen Affen.
Es hat richtig Spaß gemacht, mit den Kleinen zu spielen. Annette, die Tierpflegerin, kümmert sich rund um die Uhr um sie und spielt mit ihnen. Gorillakinder sind toll und ähneln Menschenbabys mehr, als ich dachte. Eines der Gorillababys war total begeistert von Franzi und ist überhaupt nicht mehr von ihrem Arm runtergegangen. Franzi fand das natürlich klasse. Sie liebt alle Tiere, aber Sunima (so heißt das Gorillamädchen)

war für sie etwas ganz Besonderes. Das hat man sofort gemerkt. Leider hat der Zoo ziemlich Ärger mit dem Golfclub nebenan. Genauer gesagt: mit dem Besitzer des Golfclubs, Herrn Bäumler. Der wollte das Gelände, auf dem das Gorilla-Haus steht (es ist ziemlich neu), zum Golfen nutzen. Und jetzt tyrannisiert er aus Rache die kleinen Affen mit seinen Golfbällen. Der Typ ist eine einzige Katastrophe. Wir hatten schon auf dem Hinweg eine äußert ungemütliche Begegnung mit ihm. Aber darüber möchte ich jetzt gar nicht weiter schreiben, sonst werde ich so wütend auf den Mann, dass er mir den Abend verdirbt. Und das ist er nicht wert. Ich kuschle mich jetzt lieber auf mein Sofa und lese meinen neuen Krimi. Jawohl!

Schreck am Nachmittag

Heute war wieder einmal einer dieser Schultage gewesen, die Franzi gleich ins ewige Vergessen schickte. Es war einfach gar nichts passiert. Nicht mal Hausaufgaben hatten sie aufbekommen.

Franzi gähnte, ließ sich aufs Bett plumpsen und holte ihr Handy aus der Hosentasche. Erst 14:11 Uhr. Bis zum Clubtreffen würde es noch fast zwei Stunden dauern. Sie hatten zwar immer noch keinen neuen Fall, aber ein Treffen deswegen ausfallen lassen? Das kam gar nicht infrage. Schließlich nahmen die drei !!! ihre Aufgabe sehr ernst. Wenn sie nicht an einem konkreten Fall arbeiteten, tauschten sie sich über Ermittlungstechniken und das neueste Detektivzubehör aus. Vor allem Kim legte höchsten Wert darauf, dass sie so professionell arbeiteten wie nur möglich.

Franzi startete ihren Rechner und gab das Stichwort *Gorillababy* in die Suchmaschine ein. Sie klickte auf *Bilder*. Sofort erschienen hunderte Fotos. Die meisten der abgebildeten Gorillababys kuschelten am Bauch ihrer Mütter. Franzi musste schlucken. Diese Geborgenheit würde Sunima niemals erfahren. Wie es der Kleinen wohl ging? Sie drehte sich auf den Rücken, starrte an die Zimmerdecke und überlegte, wann sie Sunima das nächste Mal besuchen konnte.

In diesem Augenblick klopfte es an die Tür.

»Franzi?«, fragte Herr Winkler. »Ich bin auf dem Weg in den Zoo. Hast du Lust mitzukommen?«

Franzi sprang mit einem Satz aus dem Bett. »Ja, klar. Da

fragst du noch …?«, rief sie, schnappte sich ihren Kapuzenpulli und schlüpfte in die blauen Turnschuhe, ohne die Schnürsenkel zu binden.
Sie stürmte nach draußen und blieb mit dem losen Schnürsenkel zwischen Tür und Teppich hängen. Sie stolperte und stürzte ihrem Vater direkt vor die Füße. »AHHHH«, rief sie. »Warte auf mich!«
»Hoppla«, sagte Herr Winkler grinsend. »Fliegen ist nicht nötig.« Er half seiner Tochter wieder auf die Beine. »Ich wollte erst in einer Viertelstunde los.«
»Haha, sehr witzig, Papa«, sagte Franzi und zerrte den Turnschuh frei.
Sie lief die Treppe hinunter. »Ich bin bei Tinka! Hol mich ab, wenn du fertig bist.«

Sie hatten Glück. Das Auto war ohne größeres Murren und Gerumpel angesprungen. Die ganze Fahrt über hatte Franzi nur einen Gedanken im Kopf. Gleich würde sie wieder mit Sunima kuscheln und spielen können.
»Was macht denn eigentlich eure Detektivarbeit?«, fragte Herr Winkler, als sie in den Zooparkplatz einbogen. »Habt ihr gerade einen Fall?«
Ojemine, die Detektivarbeit … Mist! Franzi wurde es heiß und kalt zugleich. Sie hatte beinahe etwas Wichtiges vergessen. Etwas sehr Wichtiges sogar. Das Clubtreffen!
Sie musste Kim und Marie unbedingt sagen, dass das Drei-!!!-Hauptquartier heute wegen akuter Sunima-Sehnsucht geschlossen bleiben musste.
Schnell tippte sie eine Nachricht an ihre Freundinnen:

Hallo ihr zwei !!,
wir müssen unser Clubtreffen heute verschieben. Bin in Sachen Gorilla-Babysitting unterwegs. Bis bald.
Franzi

So. Das war geschafft. Nun konnte sie nur hoffen, dass Kim und Marie für ihren spontanen Entschluss Verständnis haben würden.
Kims Antwort folgte prompt:

Hallo Franzi,
jede von uns darf selbst entscheiden, was ihr wichtig ist und was nicht.
Viel Spaß.
Kim

Ohhh. Das klang nicht gut. Offensichtlich war Kim ziemlich angefressen, dass sie das Treffen abgesagt hatte.
BRUMM! Noch eine Nachricht. Diesmal von Marie.

Kein Problem. Ich schnappe mir Kim und gehe mit ihr einen Trost-Kakao im Lomo *trinken. Hab eine kuschelige Zeit.*
Marie

Franzi atmete erleichtert auf. Marie war nicht sauer. Die Sache mit Kim würde sie später regeln, am besten persönlich. Jetzt wollte sie so schnell wie möglich zu Sunima. Sie verabschiedete sich von ihrem Vater, der erst zu Wolf Taler musste, um mit ihm das weitere Vorgehen zu besprechen.

Am Himmel waren Wolken aufgezogen. Wie Fetzen aus Zuckerwatte trieb der Wind sie schnell am Himmel entlang. Franzi fröstelte. Ob es heute noch regnen würde? Sie entknotete die Fleecejacke, die sie sich um die Hüften gebunden hatte, und schlüpfte hinein. Zum Glück war es nicht weit bis zum Gorilla-Kindergarten.
Sie lief am Gehege der Totenkopfäffchen vorbei, die sich gegenseitig jagten und am Schwanz zogen. Diese Pippi-Langstrumpf-Affen waren wirklich Oberquatschmacher. Unglaublich, wie schnell sie klettern konnten und wie wendig sie waren. Franzi kicherte, als sie sah, dass eines der Äffchen einer Besucherin eine Gurkenscheibe reichen wollte. Die Dame war ein wenig bleich. Offensichtlich dachte der Affe, dass sie ein paar Vitamine gut gebrauchen konnte.

»Hallo, Annette? Ich bin's. Franzi!« Franzis Stimme hallte von den Steinwänden des Affenhauses wider. Niemand antwortete. Komisch. Alles war wie ausgestorben. Pepe, Paco und Maria dösten in ihren Hängematten. Als Paco Franzi hörte, öffnete er ein Auge, drehte sich um und schlief dann sofort weiter. Sunima konnte Franzi auf den ersten Blick gar nicht entdecken. Ob sie wohl wieder mit Annette unterwegs war?
Franzi öffnete die Tür zum Pflegebereich. »Hallo? Ist da wer?«, fragte sie noch einmal in die Stille hinein. Doch anstatt Sunimas lustiger Quieke-Stimme hörte Franzi ein Wimmern. War das aus dem Gehege gekommen? Aber eigentlich hatte das Geräusch nicht nach einem Gorilla geklungen – eher nach einem Menschen.

Sie schlich auf Zehenspitzen in die Küche und sah sich um. Annettes Kaffeetasse stand auf dem Tisch. Und sie dampfte noch. Also war sie noch in der Nähe. »Annette? Bist du da?« Franzi machte sich nun ernsthaft Sorgen.
»Franzi, bist du das? Ich bin hier. Hinter den Bananenkartons«, tönte eine dünne, zittrige Stimme. »Es ist etwas Schreckliches passiert.«
»Ich komme!« Franzi bog so rasant um die Ecke, dass der Turm aus leeren Kartons gefährlich wankte. Sie stemmte sich dagegen, doch der oberste Karton krachte neben ihr auf den Boden.
»Lass liegen«, sagte Annette. Sie saß zusammengekauert im hintersten Winkel. In der Hand hielt sie einen Zettel, auf den sie ungläubig starrte.
Franzi kniete sich neben sie. »Was ist denn geschehen?«
»Sunima …«, antwortete Annette gedehnt. »Jemand hat sie entführt.«
Sie ließ den Zettel sinken und verbarg ihr Gesicht in den Händen.
»Was sagst du? Entführt?«
Annette nickte. Sie hob den Zettel auf und reichte ihn Franzi. »Das lag auf der Kiste mit den Karotten. Lies mal.«
Franzi sah, dass der Entführer ganz altmodisch mit ausgeschnittenen Zeitungsbuchstaben gearbeitet hatte.

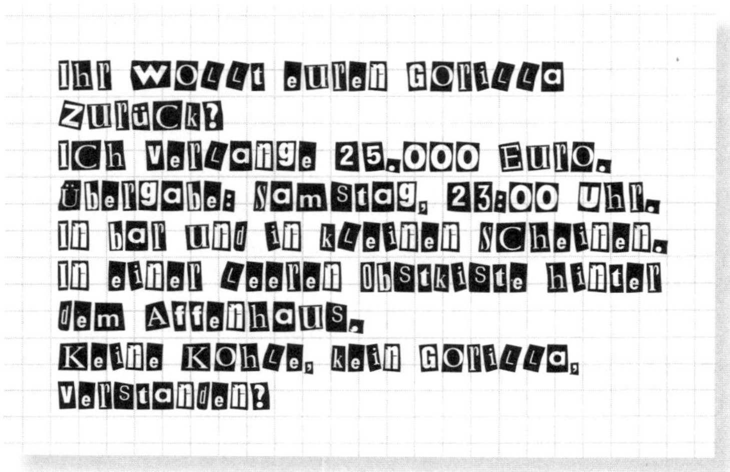

Franzi schluckte. Das durfte doch ganz einfach nicht wahr sein. Für einen Moment hatte sie die Hoffnung, dass sie gerade die Hauptperson in einem Albtraum war. Sie kniff sich fest in den Arm.

Nein, alles war wie vorher. Wer machte so etwas Schreckliches? Die arme kleine Sunima. Bestimmt hatte dieser ekelhafte Erpresser überhaupt keine Ahnung von Babygorillas und hatte sie eingesperrt. Und bestimmt hatte Sunima fürchterliche Angst.

»Sie ist wirklich verschwunden. Ich habe überall nach ihr gesucht«, flüsterte Annette. »Was machen wir denn jetzt bloß?« Sie begann zu weinen.

Franzi war bis vor wenigen Sekunden genauso ratlos gewesen wie Annette. Doch als sie die Verzweiflung der Tierpflegerin spürte, machte etwas KLICK! und die Detektivinnen-Seite in ihr gewann die Oberhand.

»Was wir jetzt zuallererst brauchen, ist ein kühler Kopf.« Sie nahm zwei Gläser aus dem Schrank und füllte sie am Wasserhahn.
»Hier, nimm einen kräftigen Schluck.« Annette trank und blickte Franzi mit einer Mischung aus Erwartung und Dankbarkeit an.
»Bitte erzähl doch von Anfang an. Auch die Kleinigkeiten. Manchmal sind es gerade die unwichtigen Kleinigkeiten, die den Fall lösen.«
Annettes Mund blieb ernst, aber Franzi konnte in ihren Augen etwas Helles aufblitzen sehen.
»Eigentlich war alles wie immer«, meinte sie. »Ich habe mit den Gorillas gespielt und gegen zwei war ich kurz bei Wolf Taler, um mit ihm die Lebensmittelbestellungen durchzugehen. Das hat vielleicht eine halbe Stunde gedauert. So lange – das dachte ich zumindest bis jetzt immer – kann man die Kleinen nämlich schon alleine lassen. Und als ich zurückkam, schliefen die Affen in ihren Hängematten. Ich habe erst gar nicht gemerkt, dass Sunima fehlte. Ich dachte, sie hat sich bei Maria mit eingekuschelt. Das macht sie manchmal. Und erst als ich den Zettel auf der Kiste gefunden habe, bin ich wie eine Irre ins Gehege und habe sie gesucht. Aber sie war weg. Ich habe mich hier in die Ecke gesetzt und konnte überhaupt nichts tun vor lauter Aufregung und Angst. Tja, und dann bist du gekommen.«
»Mich wundert es, dass Paco, Pepe und Maria geschlafen haben. Müssten sie nicht völlig verschreckt sein, wenn ein Fremder ins Gehege kommt und Sunima mitnimmt?«
Annette hielt sich für einen Moment am Schrank fest, als ob

ihr schwindelig wäre. Dann sagte sie: »Ja, du hast recht. Das ist wirklich komisch. Vielleicht dachten sie, dass es Philipp ist? Der kommt immer um diese Zeit.«

Ja, oder aber der Entführer *war* Philipp, schoss es Franzi durch den Kopf. Aber diesen Verdacht äußerte sie nicht laut. Nach der gestrigen unerfreulichen Begegnung mit dem Zoologie-Studenten hätte sie ihn nur zu gern sofort als Verdächtigen Nummer eins ausgerufen. Nur, das wäre alles andere als professionell gewesen. Schließlich hatte sie keine echten Beweise gegen ihn in der Hand.

»Und ansonsten hast du aber nichts entdeckt? Fußabdrücke im Käfig? Ein besonderer Geruch? Irgendwas?«

»Nein.« Annette schüttelte den Kopf. »Nur diesen Brief.«

Franzi nahm sich vor, unbedingt selbst nachher ins Gehege zu gehen, um nach Indizien zu suchen. Vielleicht hatte Annette ja doch das ein oder andere übersehen, was ihrem geschulten Detektiv-Blick auffallen würde.

Die Tür ging auf und Philipp Meixner schlurfte herein. Um die Schultern trug er eine graue Umhängetasche und auf dem Kopf wieder die rote Schirmmütze. Als er Franzi sah, warf er ihr einen unfreundlichen »Du schon wieder«-Blick zu und wandte sich dann an Annette.

Dabei ging eine erstaunliche Veränderung mit ihm vor. Er lächelte und richtete sich auf. Plötzlich sah er überhaupt nicht mehr biestig aus, sondern sogar ganz nett. Franzi fielen seine dunkelbraunen Augen auf und sie musste sich eingestehen, dass Philipp gar nicht so übel aussah.

»Du hast ja geweint!«, rief er bestürzt und eilte ein wenig unbeholfen auf Annette zu. »Was ist passiert?«

Während Annette von Sunimas Entführung berichtete, nahm Franzi Philipp ganz genau unter die Lupe. Vielleicht verriet er sich durch sein Verhalten oder durch eine unüberlegte Frage?
Aber es war merkwürdig. Sunimas Entführung schien Philipp gar nicht sonderlich zu berühren. Es wirkte fast so, als wäre er in Gedanken ganz woanders. Während Annette weinend erzählte, dass sie vor Sorge um Sunima gar nicht mehr klar denken konnte, ging er zum Spülbecken und hielt ein Handtuch unter den Wasserstrahl. Er drehte es zu einer länglichen Wurst und tupfte Annettes Stirn ab. »Du Arme!«, rief er. »Das ist alles zu viel für dich. Leg dich lieber ein wenig hin!«
»Ich kann mich doch jetzt nicht hinlegen«, protestierte Annette. »Sunima ist weg! Hast du das überhaupt verstanden? Wir müssen sie suchen. Und zwar sofort!« Sie klatschte die Handtuchwurst vor sich auf den Tisch und sprang wütend auf.
»Bleib ruhig, Annette. Du wirst sehen, Sunima taucht wieder auf. Da bin ich mir sicher.« Philipp legte ihr den Arm um die Schultern. Dann lächelte er sie schief an und zuppelte mit der anderen Hand an seiner Schirmmütze herum. »Wir gehen jetzt erst einmal eine Runde spazieren.« Annette sah ihn irritiert an.
Doch Franzi witterte ihre Chance, sich alleine nach Beweisstücken umsehen zu können, und pflichtete Philipp bei. »Ein bisschen frische Luft tut dir nach diesem Schreck bestimmt gut. Und *ich* gehe zu Wolf Taler. Dem müssen wir sagen, was passiert ist.«

Annette nickte. »Den habe ich ganz vergessen. Ich fühl mich so zittrig, dass ich gar nicht richtig denken kann. Vielleicht sollte ich wirklich …?«
»Ja, kein Problem. Ich übernehme das gern.« Franzi scheuchte die beiden mit einer Handbewegung aus der Küche.
Philipp blickte sie dankbar an. Immerhin … Das war ein echter Fortschritt im Vergleich zu gestern. Denn da hatte sie das Gefühl gehabt, dass er sie am liebsten erwürgt hätte.
Als die Tür ins Schloss fiel, begann Franzi eilig, nach Beweisstücken zu suchen. Sie wusste, dass sie sich nicht zu lange Zeit lassen durfte.
Sie holte das Fingerabdruckset, das sie immer bei sich trug, aus der Tasche und bepinselte das Erpresserschreiben mit dem silbergrauen Pulver.
Nichts.
Der Täter hatte Handschuhe getragen. Mist.
Franzi öffnete die Tür zum Gehege. Die drei Gorillakinder lagen noch immer in ihren Hängematten. So, als ob überhaupt nichts geschehen wäre. Franzi suchte den Boden ab. Hin und wieder sah sie einen staubigen Sohlenabdruck. Aber die kamen eindeutig von Annettes Schuhen. Franzi hatte sich ihr Profil gut eingeprägt.
Sie suchte weiter. Eine ganze Weile.
Doch es war zum Verrücktwerden. Sie konnte einfach nichts Ungewöhnliches entdecken. Hier war ein Profi am Werk gewesen.
Sie musste es für heute gut sein lassen. Vielleicht hatten Kim und Marie eine Idee, wo sie noch suchen konnten.
Franzi musste an Kims Nachricht denken. Und dass sie

nachher mit ihr reden wollte. Möglicherweise war sie gar nicht mehr sauer auf sie, wenn sie erfuhr, was hier im Zoo geschehen war. Denn eines stand fest: Die drei !!! hatten einen neuen Fall zu lösen!

Ein Fall, zwei Pläne, drei !!!

Der Wind wehte immer noch recht frisch. Franzi zog sich die Kapuze ihrer Jacke über den Kopf, als sie sich auf den Weg zum Büro des Zoodirektors machte. Das Büro befand sich in einem kleinen Sandsteinhaus direkt neben dem Besucher-Eingang. Franzi bemerkte die Kassenfrau, die hinter der Glasscheibe saß und sich in aller Ruhe die Nägel feilte. Wo waren nur die Besucher? Gut, es war Montagnachmittag … und das Wetter nicht optimal … Aber ein paar Omas und Opas, die sich mit ihren Enkeln die Löwen, Affen und Seehunde ansahen? Mit denen hatte Franzi schon gerechnet. Ob sie Wolf danach fragen sollte? Nein, nach den schlechten Nachrichten, die sie ihm nun überbringen musste, war dies sicher nicht der richtige Zeitpunkt, ihn auch noch damit zu belasten.

Sie klingelte.

Kurze Zeit später öffnete Wolf Taler die alte knarzende Holztür. »Franzi! Ich habe schon von Karl gehört, dass du mitgefahren bist. Schön, dass du mich besuchst.«

Franzi guckte betreten. »Tja, ja, Besuch ist irgendwie nicht das richtige Wort«, druckste sie herum. »Ich muss dir etwas sagen. Darf ich reinkommen?«

»Da fragst du noch?« Wolf Taler strahlte Franzi an. »Für dich sind meine Ohren jederzeit geöffnet. Komm mit in die Höhle des Löwen.«

Höhle des Löwen? Sagte man das nicht, wenn einen in diesem Raum etwas Grauenhaftes erwartete? Franzi überlächel-

te die Bemerkung und folgte Wolf Taler in sein Arbeitszimmer.
»Was gibt es?«, fragte er und ließ sich in den Ohrensessel plumpsen, der hinter dem dunklen Holzschreibtisch mit Löwenfüßen stand.
Ah, nun verstand sie. Höhle des Löwen! Wohl eher des Löwenfußes …
Franzi setzte sich auf einen der Besucherstühle, die mit einem Stoff bezogen waren, der an das Fell einer Giraffe erinnerte. *»Wild animal print«*, so nannte Marie dieses Design immer, erinnerte sie sich.
Ohne weitere Erklärung legte sie den Erpresserbrief auf den Schreibtisch.
Wolf Taler nahm den Zettel und las. Dann faltete er ihn in Zeitlupentempo sorgfältig zusammen und legte ihn auf einen Stapel Bücher. Dabei wirkte er völlig gefasst. Doch eine Sekunde später wurde er kreidebleich. Dicke Schweißtropfen bildeten sich auf seiner Stirn und rannen die Schläfen herunter. Dann fasste er sich an die Brust, als hätte ihm jemand ein Messer hineingerammt. »Ist das … ist das … wahr?«, japste er. »Denn dann sind wir erledigt. Aber so was von erledigt!« Wolf Taler sackte zusammen.
Franzi stand auf und schenkte ihm das Wasserglas voll, das neben ihm stand. Wasser hatte bei Annette geholfen, also konnte es jetzt auch nicht verkehrt sein.
»Hier, trink«, sagte sie. »Und dann tief durchatmen.«
Hastig trank er das Glas leer. »Wie konnte das geschehen?«
Franzi zuckte mit den Schultern. »Das muss wohl passiert sein, als Annette hier bei dir war.«

»Auch das noch.« Der Zoodirektor stöhnte. »Da hole ich meine Mitarbeiterin zu einem Krisengespräch zu mir, und wenn sie zurückkommt, ist unser Gorillakind entführt worden. Und alles ist dreimal so schlimm. Mindestens.«
»Magst du mir sagen, um welche Krise es sich handelt?«, fragte Franzi.
»Das kannst du dir doch sicher denken«, brummte Wolf Taler. »Du warst gestern und heute hier. Hast du irgendwelche anderen Besucher gesehen? Nur sehr, sehr wenige, stimmt's?«
Franzi nickte. »Stimmt. Das ist mir aufgefallen. Aber warum denn?«
»Wenn ich das wüsste. In den letzten zwei Jahren sind die Besucherzahlen immer weiter zurückgegangen.« Der Zoodirektor trommelte mit den Fingerspitzen an seine Schläfen. Dabei rutschten die Ärmel seines Hemdes nach hinten. Am linken Unterarm bemerkte Franzi vier rote lange Striemen. Das war eine ganz frische Kratzwunde! Und sie sah richtig übel aus. Doch Wolf war die Art Zoodirektor, der in schwierigen Situationen mit anpackte, das hatte ihr Vater erzählt. Also war so eine Wunde wahrscheinlich Alltag für ihn. Er schenkte ihr auch keine weitere Beachtung und fuhr fort: »Ich dachte, mit dem neuen Gorilla-Kindergarten hätten wir eine echte Attraktion. Aber die Besucher bleiben aus. Und die Schulden werden immer höher. Wenn das so weitergeht, sind wir bald pleite.«
»Dann kann der Zoo das Lösegeld also nicht zahlen?«, fragte Franzi ängstlich.
Wolf Taler schüttelte den Kopf. »Ich weiß nicht mal, ob ich die nächste Rate für das Waisenhaus bezahlen kann. Ganz zu

schweigen von den Futterrechnungen, den Personalkosten und den Reparaturkosten. Und jetzt auch noch das. Ich weiß nicht mehr weiter. Wir müssen unbedingt die Polizei einschalten.«

Franzi zückte ihren Geldbeutel, in dem sie immer ein paar Visitenkarten der drei !!! stecken hatte. »Natürlich musst du die Polizei informieren«, stimmte sie Wolf Taler zu. »Aber wir würden dir auch gerne helfen. Du kennst doch Kim und Marie, meine Freundinnen, die gestern dabei waren. Wir sind die drei !!! – Detektivinnen. Hier ist unsere Karte.«

Sie reichte dem Zoodirektor die Karte. Der studierte sie einen Moment lang und sagte: »Detektivinnen? Da muss ich gar nicht lange überlegen. Ihr seid engagiert. Je mehr Köpfe nachdenken, desto schneller haben wir unser Gorillakind wieder. Das hoffe ich zumindest.«

Franzi war überrascht. Ohne weitere Nachfragen hatte Wolf Taler ihnen den Fall übertragen. Normalerweise mussten sie nervige Überzeugungsarbeit leisten, damit die Erwachsenen sie als Detektivinnen ernst nahmen. Unzählige Male hatten sie erst erwähnen müssen, dass sie schon viele Fälle erfolgreich gelöst hatten. Aber das schien Wolf gar nicht zu interessieren. Vielleicht vertraute er ihr, weil er sie schon so lange kannte?

»Ich danke dir für dein Vertrauen«, sagte sie. »Ich sage sofort Kim und Marie Bescheid!« Wolf Taler kam um den Schreibtisch herum und drückte Franzi so heftig an seine Brust, dass ihr fast die Luft wegblieb. »Ich weiß gar nicht, wie ich dir danken soll. Es ist ein gutes Gefühl, dass du und deine Freundinnen in diese schreckliche Tragödie Licht bringen wollt. Viel Glück!«

Franzi knetete heimlich ihre Arme. Die fühlten sich nach Wolf Talers Umarmung nämlich ziemlich taub an. »Das machen wir doch gerne. Wir sind Detektivinnen mit Leib und Seele. Und diesmal habe ich ganz besonderes Interesse, den Fall schnell und gut zu lösen. Ich möchte doch, dass Sunima bald wieder zu Hause ist.« Sie dachte an das Gorillamädchen und seufzte. Franzi wollte schon zur Tür hinausgehen, da fiel ihr noch etwas ein: »Wenn du die Polizei anrufst – verlange nach Kommissar Peters. Und richte ihm einen schönen Gruß von den drei !!! aus.«

»Jetzt komm, lach mal wieder.« Marie boxte Kim in die Seite. »So schlimm finde ich Franzis ›Vergehen‹ nun auch nicht. Außerdem haben wir einen neuen Fall! Vorhin im *Café Lomo* hast du zu mir gesagt, dass du dir nichts sehnlicher wünschst als spannende Detektivarbeit, die dich ablenkt.«

Die drei !!! saßen im alten Einspänner im Pferdeschuppen. Franzi hatte sofort ein Notfalltreffen für den Abend einberufen. Sie wusste natürlich, dass das Ganze ein wenig merkwürdig war. Erst sagte sie das *normale* Treffen ab und dann zitierte sie ihre beiden Freundinnen noch am selben Abend zu sich. Aber was hätte sie tun sollen? Wann ein Fall in ihr Leben krachte, konnten sie sich ja schließlich nicht aussuchen. Franzi ließ ein Stück des Probieraffenkuchens vor Kims Nase herumtanzen. »Jetzt probier doch wenigstens mal. Ich verspreche dir: Wenn du danach noch immer sauer bist, nerv ich dich nicht weiter.« Kim liebte Süßes. Dem Affenkuchen würde sie sicher nicht lange widerstehen können. Und wenn sie erst einmal hineingebissen hatte, musste die Schokolade nur noch ihre Wirkung tun.
»Okay. Dann gib her.« Kim schnappte sich den Teller und knabberte ein paar Krümel ab. Beinahe sofort blickten ihre Augen nicht mehr grimmig von Franzi zu Marie und zurück, sondern wurden ganz weich. »Himmlisch«, mümmelte sie und steckte sich das restliche Stück auf einmal in den Mund. »Und das war deine Idee? Inspiriert von Sunima? Wenn deine Sehnsucht nach ihr so groß war, dass du dieses Meisterwerk geschaffen hast, verzeihe ich dir alles.«
Franzi lächelte. Es hatte geklappt. Kim kramte in ihrem Rucksack, legte ihr Tagebuch aufgeschlagen auf den Schoß, zückte ihren Bleistift und fragte. »Wen darf ich auf die Verdächtigenliste schreiben?«
Franzi lehnte sich zufrieden zurück. Alles paletti. Das war optimal gelaufen. Von nun an waren die drei !!! wieder ein Herz und eine Seele.

»Also eigentlich haben wir nur Philipp Meixner und diesen Golfplatz-Fuzzi Bäumler«, meinte Marie, nachdem sie den Fall von hinten bis vorne und von vorne bis hinten beleuchtet hatten.
Franzi zog die Haargummis ihrer kurzen roten Zöpfe nach. »Ein richtiges Motiv hat sogar nur der Bäumler, wenn wir ehrlich sind. Philipp verhält sich ja nur komisch. Versteht mich nicht falsch: Wir müssen ihn unbedingt beobachten. Aber auf Platz eins würde ich ihn nicht setzen.«
Kim nickte. »Stimmt. Ich würde sagen, da Franzi sonst nichts Verdächtiges aufgefallen ist, konzentrieren wir uns als Erstes auf Herrn Bäumler. Auch wenn ich mir eigentlich vorgenommen hatte, diesem Ekel in Zukunft aus dem Weg zu gehen.««
»Tja, das Detektivinnenleben ist eben kein Ponyhof«, sagte Marie.
Franzi kicherte. »Also, wenn ich mich hier umschaue – ein Pferdestall, eine Kutsche und ein paar Meter weiter ein Pony auf der Weide –, muss ich dir entschieden widersprechen.«
»Ähh, du weißt genau, wie das gemeint ist.« Marie streckte Franzi die Zunge heraus.
»Jetzt ist aber Schluss mit lustig«, sagte Kim. »Was und in welcher Reihenfolge unternehmen wir denn in Sachen Sunima? Irgendwelche Vorschläge?«
Franzi und Marie überlegten.
Kim ließ den Bleistift immer wieder mit der Spitze nach unten auf das Detektivtagebuch fallen. Die ganze Seite war schon mit kleinen grauen Kratern übersät. Doch Kim schien so konzentriert, dass sie überhaupt nicht bemerkte, was sie

ihrem armen Tagebuch antat. Plötzlich hielt sie inne. Ihre Miene hellte sich auf und sie sagte eher zu sich selbst als zu Marie und Franzi: »Das ist es. Wir brauchen eine Doppelstrategie, einen Zwei-Wege-Plan: cleveres Handeln, vereint mit Kreativität!«
Franzi und Marie sahen sich fragend an.
»Würdest du uns an deinem genialen Geistesblitz teilhaben lassen?«, bat Marie. »Doppelplan, was? Kreativvermittlung, wie? Ich kann dir nicht folgen. Und wenn ich Franzis Blick richtig deute, geht es ihr ähnlich.«
»Ist doch ganz einfach. Wir haben eben zwei verschiedene Probleme«, begann Kim zu erklären.
»Zwei Probleme? Wo kommt denn nun das zweite her?«, fragte Franzi. Sie war jetzt endgültig verwirrt.
»Lasst mich doch mal ausreden. Also: Das erste Problem ist ein rein detektivisches: Wer hat Sunima entführt und wo können wir das Gorillamädchen möglichst schnell finden? Das andere ist ein kreatives. Tatsache ist: Der Zoo steckt in riesigen finanziellen Schwierigkeiten. Und, wie Franzi erzählt hat, vor allem, weil die Besucher ausbleiben. Vielleicht könnten wir uns eine Aktion ausdenken. Irgendwas, damit ein Besuch im Zoo wieder attraktiv wird?«
»Kim, hat dir schon einmal jemand gesagt, dass du genial bist?« Marie sah ihre Freundin mit einem bewundernden Blick an. »Ich bin dabei. Wir helfen Sunima *und* wir helfen dem ganzen Zoo.«
Kim freute sich über Maries Lob. »Die detektivische Seite ist ziemlich klar, oder?«, sagte sie und wirkte dabei ein wenig verlegen. »Wir fühlen zuerst Herrn Bäumler auf den Zahn.

Und was die Kreativ-Aktion betrifft – die könnte ich in der Tageszeitung ankündigen.«

»Huch, hab ich was verpasst?«, fragte Marie und zog erstaunt ihre perfekt gezupften Augenbrauen nach oben. »Dass du angehende Krimi-Bestsellerautorin bist, weiß ich. Aber dass du als Journalistin unterwegs bist, ist mir neu.«

»Nee, du hast nichts verpasst.« Kim grinste. »Das ist nur eine Schul-AG. Wir dürfen die Jugendseite der Zeitung mit unseren Artikeln füllen. Und ich bin für die nächste Ausgabe dran. Ich hab zwar schon eine Rezension zu meinem neuen Lieblingsbuch geschrieben, aber das hier ist natürlich viel besser! Das echte Leben, ein echter Fall und echte Spannung – einfach perfekt, so aus rein journalistischer Sicht.«

»Super Idee.« Marie strahlte. »Ich finde, wir sollten die Zoo-Aktion für den Donnerstag planen. Dann habe ich genug Zeit, ein paar Motto-T-Shirts zu designen und in Produktion zu gehen. Tessa hilft mir bestimmt dabei. Schließlich weiß sie, worauf man achten muss. Was haltet ihr davon?«

Franzi hielt sehr viel davon. Marie war eine Meisterin darin, aus unscheinbaren Dingen Kunstwerke zu schaffen. Die T-Shirts würden bestimmt megacool werden. Und Tessa, Maries Stiefmutter, hatte, neben ihrem Job als Kamerafrau, eine sehr erfolgreiche T-Shirt-Kollektion entworfen und würde Marie sicher helfen. Konnte sie selbst auch etwas zur Aktion beitragen? Franzi überlegte. Aber klar!

»Ich backe Affenbrotbaumkuchen und überrede Blake zu einer coolen Skate-Show. Unsere Einnahmen spenden wir natürlich dem Zoo«, sagte sie schließlich. Ihre Stimme überschlug sich beinahe vor Aufregung.

»Alles super Vorschläge. Angenommen. Wegen der Show von Franzi und ›Wir sind echt nur gute Freunde‹-Blake« schlage ich den Skatepark als Location vor«, sagte Kim. Sie grinste breit. »Oder hat sich euer Status mittlerweile geändert und ihr seid nun Franzi und Blake *in love*?«

»Das müsstest du doch selbst herausfinden können, Frau Superdetektivin«, antwortete Franzi bissig. »Euer ewiges Rumgenerve nervt. Blake und ich sind … Blake und ich! Gute Freunde eben.«

»Na, das eine schließt das andere ja nicht aus«, trällerte Marie. »Nicht wahr, Kim?«

»Nö, nicht dass ich wüsste …« Kim und Marie sahen sich verschwörerisch an und klatschten sich ab.

Franzi gab einen unbestimmten Knurrlaut von sich und verschränkte demonstrativ die Arme vor dem Oberkörper. »So, können wir jetzt mal wieder zu unserem Fall übergehen? Den finde ich persönlich nämlich wesentlich interessanter. Also, wie kommen wir an diesen Bäumler ran? Der Golfclub ist ja nur für Mitglieder, da können wir nicht einfach so hereinspazieren.«

»Können wir, glaube ich, doch«, sagte Marie. »Ich habe meinem Vater gestern von unserem Erlebnis mit Herrn Bäumler erzählt. Der hat gleich die Hände über dem Kopf zusammengeschlagen und gesagt, dass er den Typ kennt. Und auch überhaupt nicht leiden kann. Trotzdem wird er mit Einladungen ins *Loch Ness* überhäuft.«

»Nach Schottland?« Kim sah Marie erstaunt an.

»Wegen *Loch Ness*? Nein, so heißt das Restaurant des Golfclubs.«

»Den Namen kann auch nur ein Ungeheuer wie Bäumler witzig finden«, meinte Kim trocken.
»Hihi. Nessie Bäumler. Das ist gut«, prustete Franzi los.
Kim und Marie mussten unweigerlich mitlachen.
Als Franzi sich wieder ein wenig beruhigt hatte, sagte Marie: »Na, auf jeden Fall kommen wir ganz leicht an eine Einladung ran. Was ist, Mädels? Gehen wir morgen Abend schick essen?«

Balla-Balla

Die Luft war viel wärmer geworden und der eisige Wind von gestern hatte sich gelegt, als Franzi und Kim sich am frühen Abend auf den Weg zur Stadtvilla der Grevenbroichs machten, in der Marie mit ihrer Familie wohnte.

»Zum Glück habe ich die sieben Affenkuchen nicht gegessen, sondern nur gebacken«, meinte Franzi und trat kräftig in die Pedale.

»Wow, du warst ja fleißig.« Kim warf Franzi einen anerkennenden Blick zu und strampelte ihrer Freundin hinterher. »Aber ehrlich gesagt wäre es mir lieber, du hättest die Kuchen gefuttert. Dann wärst du träge wie ein Seekuh-Baby und ich würde bei deinem Tempo mitkommen.« Sie schnaufte.

»Tschuldigung«, sagte Franzi zerknirscht und fuhr ein wenig langsamer.

»Hast du den Artikel schon geschrieben?«

»Liegt bereits im E-Mail-Fach des Chefredakteurs«, antwortete Kim zufrieden. »Ich hab gestern noch bis Mitternacht daran gearbeitet und ich glaube, er ist ganz gut geworden.«

Sie fuhren in gemütlichem Tempo weiter. Je näher sie der Villa der Grevenbroichs kamen, desto grüner wurden die Straßen. Zwischen den Straßenbäumen waren Beete mit gelben und weißen Narzissen angelegt. Die Häuser wurden immer größer und die Tore, die die Bewohner vor neugierigen Blicken schützen sollten, höher.

»Guck dir mal diese Schlitten an«, flüsterte Franzi Kim zu,

als sie an einem Rolls-Royce vorbeifuhren, dessen Fahrer zigaretterauchend an der Fahrertür lehnte und auf seinen Gast wartete.

»Kein Wunder, dass Nessie Bäumler möchte, dass Herr Grevenbroich zu ihm ins Restaurant kommt. Er hofft wahrscheinlich, dass sich durch die Anwesenheit eines berühmten Schauspielers die Mitgliedszahlen in seinem doofen Club verdoppeln«, sagte Kim schnippisch.

Sie bogen in die Einfahrt von Maries Zuhause ein. Die Villa der Grevenbroichs hatte besonderen Charme: Sie wirkte weniger wie eine Festung, sondern eher einladend – wie ein Märchenschloss. Tessa hatte den Garten mit Kunstwerken aus Holz und Ton dekoriert und zwischen zwei großen Obstbäumen war eine Hängematte befestigt. Außerdem gab es ein Schmetterlingsbeet, auf dem im Sommer die buntesten Blumen blühten, und sogar einen Bereich, in dem Brennnesseln wild wuchern durften. Auf die Brennnesselzucht durfte man Marie jedoch nicht ansprechen, denn sie hasste die Suppe, die Tessa so gerne daraus kochte. Sie war ihr eindeutig zu grün und … zu gesund.

Franzi und Kim gingen am Springbrunnen vorbei und klingelten.

Marie öffnete die Tür. »He, da seid ihr ja! Kommt rein.«

Sie lief die Treppe zu ihrem Zimmer hoch. »Ich bin so gespannt, was ihr sagt!«, rief sie.

Als Franzi und Kim Maries Zimmer betraten, blieb Kim mit offenem Mund stehen und Franzi schüttelte ungläubig den Kopf.

»Zu was *genau* willst du unsere Meinung?«, fragte Kim, als

sie wieder sprechen konnte. »Meine Augen sind von der schieren Menge an Sachen überfordert. Ehrlich, Marie, hier sieht es schlimmer aus als in der Wichtelwerkstatt einen Tag vor Weihnachten.«

»Du bist gemein. Als ob du wüsstest, wie es dort aussieht. Ich finde mein Chaos ziemlich ordentlich. Das hier«, sie zeigte auf den T-Shirt-Berg, die Farben, die Schablonen und die Tiegel mit Glitzerglitter, »ist meine T-Shirt-Fabrik.«

Das Bügeleisen, das neben dem Berg auf einem Bügelbrett stand, stieß wie ein fauchender Drache zustimmend heißen Dampf aus.

Franzi zuckte erschrocken zusammen.

»Ich hatte so viele Ideen und da habe ich sie einfach alle umgesetzt«, erklärte Marie seelenruhig und machte dem dampfenden Bügeleisen den Garaus, indem sie kurzerhand den Stecker aus der Steckdose zog. »Aber ich wollte euch nicht die Shirts zeigen, die sind noch geheim. Nein, bitte wendet euch meinem Kleiderschrank zu.« Sie deutete auf die Schranktüren, an denen auf zwei Bügeln komplette Outfits hingen. »Das ist für euch.«

Franzi musterte die Auswahl kritisch. »Und du meinst, diese Sachen lassen uns alt aussehen?«

»Doch nicht alt!«, rief Marie entsetzt. »Erwachsener. Das ist ein Unterschied. Und zwar ein ganz entscheidender.«

»Okay«, räumte Franzi ein. »Also: erwachsener … Dann gib mal her.«

Sie schlüpfte in den schwarzen Hosenanzug, den Marie für sie ausgewählt hatte. Der fließende Stoff schimmerte und schmiegte sich angenehm weich an die Haut.

Sie betrachtete sich im Spiegel. So schlecht sah ihr Outfit gar nicht aus. Und Marie hatte auf jeden Fall recht behalten: Es machte sie um mindestens fünf Jahre älter.
Auch Kim war zufrieden. Sie trug einen knielangen, leicht ausgestellten roten Rock und eine cremefarbene Schluppenbluse. »Ja, das geht«, murmelte sie. »Ich sehe aus wie eine Chefsekretärin im Vorruhestand.«
»Und als was wirst du dich verkleiden, Marie?«, fragte Franzi.
»Ich?« Marie überlegte. »Ich dachte, ich verkleide mich heute mal als … Marie!«

»Danke, stimmt so.« Marie drückte dem Taxifahrer einen 50-Euro-Schein in die Hand und stieg elegant aus dem Wagen. Der Petticoat ihres pinkfarbenen Cocktailkleids wippte dabei auf und ab wie ein pickendes Huhn. Sie sah umwerfend aus. Und die Clutch, die sie in der rechten Hand trug, passte farblich genau zu der Haarspange, mit der sie ihre blonden Haare zusammengefasst hatte.
»Das wäre doch gelacht, wenn wir hier nicht mit offenen Armen begrüßt werden würden«, sagte sie.
»Ich bin froh, wenn wir überhaupt reinkommen«, meinte Kim. »Offene Arme braucht es für mich gar nicht.«
Die drei !!! gingen den weiß schimmernden Weg entlang, der auf den Eingang des Golfplatzrestaurants *Loch Ness* zu führte. Franzi hatte das Gefühl, auf rohen Eiern zu laufen. Sie sah genauer hin. Das Pflaster bestand nicht aus Steinen, sondern aus alten, ausrangierten Golfbällen, die in die Erde eingelassen waren. Sie musste sich konzentrieren, dass sie nicht

umknickte. Nach ein paar Metern hatte sie sich an das unebene Pflaster gewöhnt und konnte den Blick wieder nach vorne richten. Auf beiden Seiten der Tür standen große Steinschalen, in denen künstliche Flammen loderten und verzerrte Schatten an die Wand warfen. Die Golfballidee fand Franzi ganz nett. Aber diese Feuerdinger, die waren einfach nur superkitschig.
Die Tür hatte offensichtlich einen integrierten Bewegungsmelder, denn als die drei !!! näher kamen, öffnete sie sich wie von Geisterhand und eine sanfte Frauenstimme säuselte aus einem Lautsprecher: »Herzlich willkommen im Golfclub-Restaurant *Loch Ness*. Der nächste freie Mitarbeiter wird Sie in Empfang nehmen und Ihnen nach der erfolgreichen Registrierung einen Tisch zuweisen.«
»Das ist gruselig«, flüsterte Franzi.
»Passt doch zu Nessie Bäumler«, wisperte Marie zurück. Sie blickte in die Eingangshalle, in der ein Mann hinter einem Pult stand und mit gerunzelter Stirn in einem Buch blätterte. »Und das ist wohl der nächste Mitarbeiter.« Sie streckte ihren Rücken durch. »Mädels, jetzt gilt es: Gerade halten und dem Ober immer in die Augen schauen. Wir sind 25 – nicht vergessen.«
Die drei !!! stöckelten auf das Pult zu. Marie schwebte elegant voraus und Franzi und Kim schafften es zumindest, ihr, ohne zu stolpern, zu folgen.

»Guten Abend. Einen Tisch für Grevenbroich, bitte.« Sie hielt dem Ober die Einladungskarte so selbstverständlich hin, als würde sie das jeden Tag dreimal machen.

Der Ober nahm die Karte und scannte den Barcode, der aufgedruckt war. Es machte »Didelidü« und ein grünes Licht leuchtete auf. Franzi wusste, dass dies die Stelle in ihrem Plan war, die schiefgehen konnte. Der Computer hatte die Einladung zwar akzeptiert, aber sie war nun mal auf »Herr und Frau Grevenbroich« ausgestellt …

Das dauerte aber lange. Warum gab der Ober die Karte denn nicht zurück? Ob ihm die fehlende Übereinstimmung aufgefallen war? Franzi knetete nervös ihre Hände.

Auch Marie schubberte unruhig ihren rechten Schuhabsatz an ihrer linken Wade. Dann tat sie, als würde sie etwas in ihrer Clutch suchen und ließ sie mit Getöse auf den Boden fallen. »Ach, wie ungeschickt von mir«, rief sie laut und hob die Tasche mit rudernden Armen auf.

Doch der Ober nahm Maries Missgeschick gar nicht richtig wahr. Er schien voll und ganz mit seinem eigenen Problem beschäftigt zu sein. Er blickte sich hektisch um und tastete nervös seine Brusttasche und das Pult ab. »Wo habe ich denn nur …? Wo ist denn nur …?«, murmelte er. »Gerade war sie doch noch da.« Er kräuselte seinen Mund, verzog ihn zu einem Strich-Lächeln und wandte sich an Marie. »Es tut mir sehr leid, Frau … Frau …« Er hielt sich die Einladung dicht vor die Nase und kniff die Augen zusammen.

»… Grevenbroich«, ergänzte Marie.

»Ja, haha, Frau Grevenbroich! Sehr recht. Kommen Sie mit, ich habe einen besonders schönen Tisch für Sie.«

Puh, das war knapp gewesen. Franzi atmete auf. Was für ein Glück, dass der Ober ohne Brille die Einladung nicht richtig hatte lesen können.

Der Ober führte die drei !!! an einen runden Tisch in einer gemütlichen Nische.
Sofort waren drei Kellner im Frack zur Stelle, die den dreien die Stühle zurechtrückten. Dann verbeugten sie sich und wuselten wieder davon.
Kim rollte mit den Augen. »Ich hoffe, man darf hier selbst die Gabel zum Mund führen. Oder werden wir gefüttert?«
»Wenn du das möchtest, ist das sicher möglich. Soll ich für dich fragen?«, kicherte Marie.
»Bloß nicht.« Kim sah sich um. An den Tischen um sie herum saßen Damen und Herren in den edelsten Kleidern und unterhielten sich gedämpft. In der Mitte des Raumes war ein Teich angelegt, über dem künstliche Nebelschwaden waberten. Von Zeit zu Zeit tauchten große Golfbälle aus der Tiefe auf und verschwanden dann langsam wieder im See. »Mein erklärtes Ziel ist, hier nicht weiter aufzufallen«, zischte Kim. »Ich komme mir total fehl am Platz vor.«
»Keine Angst. Ich war schon mal in so einem Nobelschuppen. Macht mir einfach alles nach, okay?«, sagte Marie mit gelassener Stimme.
Kim und Franzi nickten und setzten sich ebenso aufrecht hin wie Marie.
Einer der Kellner kam an den Tisch und überreichte ihnen die Speisekarte.
»Danke«, sagten Kim, Franzi und Marie gleichzeitig.
Der Kellner verbeugte sich und war auch schon wieder verschwunden.
Franzi klappte die Karte neugierig auf. Es standen nur wenige Gerichte zur Auswahl. Und sie hatten alle eine Gemein-

samkeit: Egal was, es wurde in der Lieblingsform des Golfplatzes serviert. Es gab Avocadobällchen an Salat als Vorspeise, Hackbällchen mit Kullerkartoffeln als Hauptspeise und Zitronencremebällchen an einer Kugel Vanilleeis als Nachspeise.

Kim ließ die Karte sinken. »Na, das Essen schient ja eine ganz runde Sache zu sein. Ich könnt mich kugeln vor Lachen.«

Franzi trank schnell einen Schluck aus ihrem Wasserglas, um nicht laut loszuwiehern, denn der Kellner kam auf ihren Tisch zu und zückte erwartungsvoll sein Computer-Tablet.

»Haben die Damen gewählt?«, fragte er steif.

»Ja, danke«, antwortete Marie ernst. »Wir nehmen dreimal das Menü *Balla-Balla.*«

Lauschangriff

Franzi tat es Marie gleich und legte Messer und Gabel quer auf den leeren Teller. »Das Essen war echt lecker, aber in der Sache Bäumler-Auskundschaften sind wir noch keinen Schritt weiter.« Franzi seufzte.

»Na ja. Eigentlich ist es doch ganz gut, dass er nicht einfach so hier herumspaziert«, wandte Kim ein. »Der würde uns sicher erkennen. Wir sehen ja nur ein paar Jahre älter aus.«

»Ich geh mir mal eben die Nase pudern«, sagte Marie. »Und dann können wir überlegen, wie wir weiter vorgehen. Vielleicht wäre es eine gute Idee, sich in seinem Büro umzusehen? Vorausgesetzt, er sitzt nicht gerade darin.«

»Ich komme mit«, meinte Franzi. »Ich muss schon die ganze Zeit aufs Klo.«

Marie und Franzi standen auf und gingen in Richtung der Waschräume.

Kim starrte mit leerem Blick auf den Golfballsee, aus dem sich gerade einmal wieder ein überdimensionierter Golfball aus den Tiefen des Nebels erhob. Für Franzi sah es so aus, als hoffte Kim inständig, dass auch eine geniale Ermittlungsidee dem Gewaber entsteigen würde.

Franzi blickte auf die Armbanduhr. Schon zehn Minuten. Was machte Marie denn so lange auf dem Klo? Ob sie noch warten sollte? Sie hatte es Marie versprochen … Aber Kim machte sich bestimmt schon Sorgen. Franzi gab Marie noch zwei Minuten. Dann würde sie zum Tisch zurückgehen.

Sie lehnte sich an die Wand des Flurs. Leises Murmeln drang an ihr Ohr. Die Stimme kam ihr bekannt vor. Vor allem der hohe Krächzton, den der Sprecher am Ende jedes Satzes machte. Eindeutig: Das war Herr Bäumler! Na also. Nun musste sie gar nicht mehr lange nach ihm suchen, sondern bekam ihn auf dem Tablett serviert. Dann mal los. Franzi sah sich um, ob die Luft rein war. Sie bemerkte eine weitere Tür neben den Waschräumen und pirschte sich an. Sie drückte die Klinke ein klein wenig nach unten und die Tür sprang geräuschlos einen Spalt auf. Herr Bäumler stand mit einem anderen Herrn, der einen vornehmen weißen Leinenanzug trug, in der Mitte des Zimmers. Franzi ärgerte sich, dass sie ihr Handy am Tisch hatte liegen lassen. Dann hätte sie das Gespräch aufnehmen können. Aber das ließ sich nicht ändern. Sie musste sich jetzt eben gut konzentrieren, damit sie Kim und Marie später möglichst alles ganz genau erzählen konnte.

Herr Bäumler beugte sich gerade verschwörerisch zu dem Leinenanzugmann und sagte: »Nie im Leben hätte ich gedacht, dass man so ein Chaos verbreiten kann. Im Bett liegen Apfelreste und Bananenschalen. Es sieht aus wie auf einer Müllhalde! Eine Putzfrau nach der anderen weigert sich, den Affenstall zu betreten, obwohl ich ihnen eine reichliche Schmutzzulage gezahlt habe.« Er verzog angewidert das Gesicht. »Unter uns: Ich kann sie sogar verstehen. Ich würde auch nicht gerne Berge an schwarzen Haaren aus dem Abfluss popeln wollen. Igitt! Und dann dieser Gestank! Ich sage dir, das ist das Schlimmste. Eine Mischung aus gebrauchten Sportsocken und Ohrenschmalz.«

»Ich habe dich gewarnt, Jochen«, antwortete der andere Mann. »Es stand von Anfang an fest, dass es nicht einfach werden würde. Aber du wolltest es unbedingt. Und ich befürchte, jetzt musst du die Sache auch durchziehen.«

»Ich weiß, jetzt gibt es kein Zurück mehr. Zum Glück ist es absehbar. Nur noch ein paar Tage …« Herr Bäumler zerrte das Einstecktuch aus der Brusttasche und tupfte sich hektisch die schweißnasse Stirn ab. Dann stopfte er es achtlos wieder hinein.

Franzi hatte vor Aufregung fast vergessen zu atmen. Unglaublich, wie Herr Bäumler von der armen kleinen Sunima gesprochen hatte. Schlimmer Gestank? So ein Quatsch! Schwarze Haare und Unordnung? Okay, das konnte sich Franzi gerade noch vorstellen.

Eigentlich musste sie überhaupt nicht mehr wissen. Die Sache war klar. Glasklar. Alles, aber auch wirklich alles deutete darauf hin, dass Herr Bäumler Sunima entführt hatte und nun in seiner Wohnung versteckt hielt!

In diesem Augenblick trat Marie aus dem Waschraum. Sie hatte ihre blonden Haare nun zu einem kugelrunden Dutt aufgesteckt und um ihre Augen strahlte ein weißer Lidschatten.

»Sag mal, du warst ja Ewigkeiten da drin«, raunzte Franzi Marie an. »Du hast wegen einer neuen Frisur das Wichtigste verpasst. Aber was das war, das kann ich dir nicht hier erzählen.« Sie packte Marie am Arm und zog sie in Richtung ihres Tisches.

»Aua. Spinnst du?« Marie besah sich ihren Arm, an dem der rote Abdruck von Franzis Fingern zu sehen war. »Ich wollte mich doch nur den Gegebenheiten hier anpassen. So rein form- und farbtechnisch.« Sie deutete auf den Dutt und dann auf ihre Augen. »Golfballrund und golfballweiß. Super, nicht wahr?«

»Jaja, prima. Aber jetzt müssen wir zu Kim. Ich habe gerade den Bäumler belauscht.«

»Du hast was? Aber das wollten wir doch jetzt zusammen machen.« Marie klang enttäuscht.

»Jetzt mach mal halblang. Wer schön sein will, leidet eben unter verpassten Ermittlungen.«

»Es ist noch kein richtiger Beweis, aber es reicht auf jeden Fall, dass Bäumler unsere Verdächtigenliste weiter anführt. Und zwar mit einem Ausrufezeichen dahinter.« Kim zog ihr Detektivtagebuch hervor und malte ein Ausrufezeichen hinter den Namen Bäumler.

»Pack das lieber weg«, mahnte Marie leise. »Wir wollen doch nicht auffallen.«

Kim ließ das Tagebuch wieder verschwinden. »Vielleicht kommen wir heute sogar noch einen Schritt weiter. Wenn Herr Bäumler hier draußen herumschwirrt, ist er nicht in seinem Büro. Dann könnten wir doch gleich mal –«

»Pssst«, flüsterte Franzi. »Herr Bäumler schwirrt tatsächlich draußen herum. Aber ungünstigerweise direkt auf unseren Tisch zu.«

Kim und Marie drehten sich gleichzeitig um.

Herr Bäumler kam schnurstracks auf sie zu. Mit hochrotem Kopf und vor Zorn geblähten Nasenflügeln.

»Was fällt Ihnen ein, sich hier einzuschleichen. Ich weiß

nicht, wer Sie sind, aber Herr und Frau Grevenbroich sind Sie auf jeden Fall nicht!«, flüsterte er und versuchte dabei, seine Stimme so normal wie möglich klingen zu lassen. Er musterte die drei !!! ausführlich. »Irgendwoher kommen Sie mir allerdings bekannt vor …«, überlegte er laut. »Aber das tut jetzt nichts zur Sache. Ich bitte Sie, möglichst unauffällig mein Lokal zu verlassen. Ich weiß gar nicht, wie das passieren konnte. Der Ober am Eingang ist angehalten, jede Einladung sorgfältig zu prüfen. Mit dem werde ich gleich mal ein Wörtchen reden müssen …«

Marie stand auf und griff in ihre Clutch. »Tun Sie das«, sagte sie und drückte Herrn Bäumler eine Brille in die Hand. »Und geben Sie ihm die hier mit schönen Grüßen von Frau Grevenbroich. Ich bin mir sicher, dann wird ihm so ein Missgeschick nicht mehr passieren.«

»Marie, also echt. *Du* warst das? Du hast dem Eingangs-Ober die Brille geklaut? Ich fass es nicht.« Franzi klopfte Marie anerkennend auf die Schultern. »Gut gemacht!«

Marie zuckte mit den Schultern. »Diese Lösung des Eintrittskartenproblems hat sich mir richtig aufgedrängt. So viel Denkarbeit war gar nicht nötig. Die Gelegenheit war da und ich hab sie ergriffen … oder vielmehr die Brille.«

Nach dem Rauswurf hatten die drei !!! beschlossen, noch eine Runde spazieren zu gehen. Obwohl es merklich kühler geworden war, hatten Kim und Franzi die hochhackigen Schuhe ausgezogen und liefen barfuß am Gelände des Golfplatzes vorbei in Richtung Zoo. Doch Franzi fror nicht. Die Ereignisse der letzten Stunde waren so aufregend gewesen, dass ihre Wangen immer noch glühten. Die Sache war zwar am Ende ziemlich schiefgelaufen, aber jetzt hatten sie zumindest eine richtig heiße Spur. Schade, dass sie nicht genug Zeit gehabt hatten, sich in Bäumlers Büro umzusehen. Denn beweisen konnten sie nichts – zumindest *noch* nichts.

Marie schien Franzis Gedanken erraten zu haben, denn sie murmelte: »Dann können wir uns ja auf die Zoo-Rettungsaktion konzentrieren. Der Kriminalfall ist offensichtlich fast gelöst.«

Plötzlich krallte Kim sich an Maries Arm fest. »Von wegen«, krächzte sie und zeigte auf das Gorillahaus, das vor ihnen lag.

Blutrote Buchstaben

Franzi kniff die Augen zusammen. Die Wände des Affenhauses waren über und über mit roter Farbe besprüht.

Stoppt das Affentheater
Gequirlte Affenscheiße
Totaler Affenzirkus

»Wer macht denn so was?«, rief sie laut. »Das ist doch echt das Allerletzte!«
»Na, wer wohl? Bäumler! Der kämpft mit allen Mitteln«, zischte Kim wütend. »Die Sprüche passen genau. So oder so ähnlich hat er doch über das Affenhaus geschimpft!«
»Aber die Farbe ist ganz frisch«, wandte Marie ein. »Es riecht noch danach. So stechend, dass einem das Gehirn gleich matschig wird. Das Ganze muss gerade erst passiert sein. Und Bäumler ist im *Loch Ness*. Der kann es also nicht gewesen sein.«
»Das heißt gar nichts.« Kim rümpfte die Nase und schnaubte laut aus. »Er könnte doch einen Komplizen haben, der die Drecksarbeit für ihn erledigt, oder?« Sie ging einen Schritt am Zaun entlang, um die Sprüche besser mit dem Handy fotografieren zu können.
KLONG! Ihr Fuß stieß an etwas Hartes, das über den Geh-

steig auf die Straße rollte. Schnell hob Kim den Gegenstand mit spitzen Fingern auf. »Die hier hat der Täter wohl verloren«, sagte sie. »Eine Sprühdose der Firma *Lackmeier*. In der Farbe Stierblutrot. Und sie wurde gerade benutzt.«

Detektivtagebuch von Kim Jülich
Dienstag, 22:04 Uhr
Mannomann, erst passiert wochenlang nix und dann drängelt sich alles auf zwei arme, kleine Tage, die doch auch nur 24 Stunden haben: Sunimas Entführung (und somit ein neuer Fall!!!), die zwei Aktionspläne der drei !!! (deswegen hatte ich auch keine Zeit zu schreiben, aber dazu mehr im geheimen Tagebuch) und die ersten erfolgreichen Ermittlungen. Ich muss sagen, dass ich richtig stolz auf uns bin. Maries genialer Plan hat uns in das Golfrestaurant gebracht und Franzi hat es geschafft, diesen Bäumler zu belauschen, der sich fast verraten hätte. Aber eben nur fast. Leider mussten wir dann ein wenig eher »gehen« als geplant, weil Herr Bäumler bemerkt hat, dass wir uns reingeschlichen haben. (Aber erkannt hat er uns zumindest nicht! Das ist Maries Schmink- und Stylingkünsten zu verdanken.) Doch letztlich war das sogar für etwas gut. Denn bei dem Spaziergang, den wir hinterher alle gebraucht haben, haben wir die Schmierereien am Affenhaus entdeckt. Dieses Lackmeier-Rot ist anscheinend eine echte Qualitätsfarbe. Ich habe mir wie verrückt die Hände geschrubbt, aber sie ist immer noch nicht ganz ab. Zum Glück habe ich immer und überall eine Plastiktüte dabei, in der ich die Beweis-Spraydose mit nach Hause genommen habe. So sehen wenigstens nur meine Hände danach aus, als hätte ich siebzehn Schwedenhäuser gleichzeitig

angestrichen. Fingerabdrücke sind allerdings nicht auf der Dose – schade. Aber seltsamerweise habe ich das gar nicht erwartet. Ich habe das starke Gefühl, dass wir es hier mit einem gerissenen Profi zu tun haben – und der trägt selbstverständlich Handschuhe.

Ob wirklich Bäumler hinter allem steckt? Vorhin war ich mir ganz sicher. Es passt ja auch alles so gut zusammen: Er macht keinen Hehl daraus, dass er das Affenhaus und den Zoo neben seinem schicken Golfplatz am liebsten los wäre. Und dann kriegt Franzi noch dieses verräterische Gespräch mit. Alles deutet darauf hin, dass er Sunima entführt hat und jetzt Probleme mit ihr bekommt. Aber auf dem Heimweg bin ich ins Grübeln geraten. Irgendwas macht mich stutzig. Es ist … mmh, zu einfach. Zu klar. Bäumler würde doch die Aufmerksamkeit durch seine Sprüche am Golfplatz nicht so auf sich lenken, wenn er anschließend vorhat, einen der Gorillas zu entführen. Oder gerade doch? Ich muss das noch einmal in Ruhe mit Franzi und Marie durchsprechen. Und wir sollten unbedingt einen genaueren Blick auf Philipp Meixner werfen. Den scheint das gar nicht zu kümmern, dass eines seiner Studienobjekte entführt wurde. Das ist doch oberseltsam. Vielleicht ist er ja morgen da. Ich fahre nämlich gleich nach der Schule mit Franzi und Marie zum Zoo. Wir wollen Annette helfen, die Wände sauber zu machen. So eine Schweinerei darf nicht länger als nötig sichtbar sein.

Geheimes Tagebuch von Kim Jülich
Dienstag, 22:39 Uhr

Wer das hier liest, aktiviert den Selbstauslöser der Spraydose und wird für immer mit verräterischen blutroten Flecken im

Gesicht leben müssen. Ihr denkt, es gibt keinen Selbstauslöser für Spraydosen? Ha! Ihr werdet schon sehen, Ben und Lukas …

Es ist gut, einen Fall zu haben. Etwas zu tun zu haben. Und trotzdem finden meine Michi-Vermiss-Gedanken jede Lücke und ploppen wieder an die Oberfläche wie Schwimmnudeln, die man mühsam unter Wasser gehalten hat. Zum Glück halten sich Marie und Franzi ganz von alleine mit dem Herausposaunen des eigenen Liebesglücks zurück. Sie spüren einfach, dass ich das gerade nicht verkraften würde. Doch wie soll das am Donnerstag werden? Am Zoo-Aktionstag. Holger wird Marie helfen, die T-Shirts zu verkaufen. Und sie werden sich ihre superverliebten Blicke zuwerfen. Und Blake und Franzi erst. Es ist nur noch eine Frage der Zeit, bis die beiden ein Paar werden. (Nein, niemand glaubt Franzi die »Nur gute Freunde«-Nummer mehr!) Ich werde das schon irgendwie aushalten. Schade, dass es keine Schutzbrille für Liebeskummergeplagte gibt. Man setzt sie auf und alle Verliebten dieser Welt würden unsichtbar. Wäre das schön!

Ach, Michi. Warum tust du mir das an?

Briefgeheimnis

Franzi und Kim standen im Eingangsbereich des Zoos und warteten auf Marie. Und das schon eine geschlagene halbe Stunde. Zwei Busse waren bereits an ihnen vorbeigefahren, ohne dass Marie ausgestiegen war. Franzi war ein wenig genervt, aber richtige Sorgen machte sie sich nicht. Es kam häufig vor, dass sie auf Marie warten mussten. Ihre Freundin hatte einfach zu viele Hobbys, unter denen sie ihre Zeit aufteilen musste. Wahrscheinlich musste sie heute nach der Tanz-AG einfach nur ihr Make-up komplett auffrischen. Und das konnte eben dauern …

Sie sah sich um. Auch heute war der Eingang fast menschenleer. Ein buckliger alter Mann schlurfte auf einen Rollator gestützt durch das große Eingangstor. Eine junge Frau schob einen Zwillingskinderwagen vor den Kassenhäuschen hin und her, um die beiden Kinder in den Schlaf zu wiegen. Ohne Erfolg. Die Kleinen krähten und plärrten, so laut sie konnten.

Gähnend lehnte sie sich an die Statue mit dem großen Löwen aus Sandstein, der den Zooeingang bewachte. Daneben stand ein großer Ahornbaum, dessen Blätter schön hellgrün leuchteten. Ein richtiger Frühlingsbaum, dachte Franzi.

In diesem Augenblick klackerte Marie auf ihren neuen, weißen Stiefeletten heran. Mit der einen Hand hielt sie ihren cremefarbenen Spitzen-Tellerrock fest, mit der anderen Hand winkte sie Kim und Franzi. »Hallo, ihr beiden«, rief sie. »Bin schon da.«

»›Schon‹ ist ein recht dehnbarer Begriff.« Kim verschränkte die Arme vor der Brust und sah auf die Uhr. »Zumindest in deiner Welt.«
Marie senkte schuldbewusst den Blick. »Ich musste ein paar Pailletten für die T-Shirts nachkaufen. Gestern Abend im Bett sind mir noch ein paar total geniale Sprüche eingefallen und –«
»Jetzt bist du ja da«, unterbrach Kim sie schnell. »Können wir los?«
Marie und Franzi nickten. Schweigend gingen sie nebeneinanderher zum Gorillahaus. Franzi war den Weg in den letzten drei Tagen so oft gelaufen, dass sie ihn auch im Schlaf gefunden hätte.

Die drei !!! sahen Annette schon von Weitem. Sie stand mit Putzeimer und Wurzelbürste bewaffnet vor dem Affenhaus und versuchte verzweifelt, die roten Buchstaben abzuschrubben. Die Schrift war zwar schon viel blasser geworden, wie Franzi erleichtert bemerkte, doch leider konnte man sie immer noch lesen.
»Ihr kommt wie gerufen«, schnaufte Annette, als sie die drei !!! sah. »Habt ihr ein wenig Zeit, mir zu helfen, die Schweinerei hier zu beseitigen? Die Polizei hat schon alles fotografiert.«
»Wir auch. Deswegen sind wir hier«, sagte Kim. »Wo finden wir Bürsten?«
Annette sah Kim verwirrt an und deutete auf eine Kiste, die neben ihr stand. »Da müssten noch welche drin sein. Aber woher wisst ihr …?«

»Wir waren gestern im *Loch Ness* essen«, erzählte Marie, als wäre es die normalste Sache der Welt. »Und bei unserem Verdauungsspaziergang haben wir gesehen, dass das Gorillahaus über und über beschmiert wurde.«
Annette schluckte und fuhr sich nervös durch die Haare. »Habt ihr … habt ihr … jemanden gesehen?«, fragte sie stotternd.
»Nein, leider nicht.« Kim seufzte. »Aber wir mutmaßen, dass es der gleiche Täter war, der Sunima entführt hat.«
Nun seufzte Annette. Und komischerweise klang es ziemlich erleichtert, fand Franzi. Sie sah Kim und Marie an, doch denen schienen nichts Merkwürdiges aufgefallen zu sein. Sie hatte sich wohl getäuscht. Schließlich wäre Annette für jeden Hinweis zur Aufklärung des Falls sicher dankbar.
Franzi tauchte entschlossen ihre Bürste in das schäumende Putzwasser des Eimers und begann, an dem A von »Affenscheiße« herumzuwischen. Es war mühsam. Nach fünf Minuten begannen ihre Arme zu kribbeln und nach zehn Minuten fühlten sie sich taub an. Erschöpft ließ sie die Bürste sinken und betrachtete die Wand. Puh! Die Arbeit hatte sich zum Glück gelohnt. Zusammen hatten sie die Farbe gut wegbekommen.
»Danke, Mädels«, sagte Annette und ließ sich auf einer der Besucherbänke nieder. »Ohne euch hätte ich das heute nicht hinbekommen. Die ganze Situation macht mich total fertig. Ich habe so riesige Angst um Sunima. Und die Polizei tappt auch noch völlig im Dunkeln. Zumindest hat das Kommissar Peters vorhin gesagt.«
»Tja, in solchen Fällen musst du die drei !!! fragen«, meinte

Kim und lächelte verschmitzt. »Wir haben da ein bisschen mehr zu bieten.«
Annette sah sie mit großen erstaunten Augen an. »Erzählt mir alles, was ihr herausgefunden habt!«

Gerade als Kim den Bericht über den gestrigen Abend beendet hatte, kam Philipp Meixner aus dem Gorillahaus. Sein Gesicht war genauso weiß wie der Briefumschlag, den er in der Hand hielt.
»Annette, bitte reg dich nicht auf«, sagte er. »Bleib ganz ruhig.« Er stakste auf die Tierpflegerin zu und reichte ihr den Umschlag. Dann setzte er sich neben sie und drängelte dabei Marie etwas unsanft zur Seite. Marie knuffte zurück, aber Philipp nahm sie gar nicht wahr. Er war vollauf damit beschäftigt, Annette auf möglichst umständliche Art und Weise tröstend seinen Arm um die Schultern zu legen. »Den habe ich gefunden. Oben auf der Kiste mit den frisch gelieferten Bananen«, wisperte er ihr ins Ohr.
Franzi konnte ein Lachen kaum unterdrücken, obwohl die Situation alles andere als lustig war.
Annette schlug die Hand vor den Mund, um einen Schrei zu unterdrücken. »Der Entführer meldet sich wieder«, sagte sie mit erstickter Stimme. Mit zitternden Händen riss sie den Brief auf und las:

»Ich hoffe für euch, dass ihr die 25.000 Euro zusammenkratzt. Denn vergesst nicht: Keine Kohle, kein Gorilla. Noch geht es dem Vieh gut ...«

»Da ist ja ein Bild von Sunima darunter«, sagte Kim erstaunt.
»Lass mal sehen.«
Annette hielt ihr den Zettel hin. »Und seht mal, wie traurig sie guckt. Ich kann das nicht ertragen.«
Sie schniefte, dann verzog sich ihr Mund und schon tropften die ersten Tränen auf das Papier.
»Aber nein. Nicht doch. Nicht weinen«, quietschte Philipp auf, als hätte ihn jemand mit einer Nadel gepikst. »Es kommt alles in Ordnung, das verspreche ich dir.«
Kim holte ihr Fingerabdruckset aus dem Rucksack. »Ich muss unbedingt etwas überprüfen«, murmelte sie. Mit einem kleinen Pinsel strich sie vorsichtig das Grafitpulver über das Papier. Annettes kleine Fingerabdrücke hatte Kim erwartet. Aber es waren auch noch größere zu sehen. Ob die vom Täter stammten? Vielleicht war er diesmal unvorsichtig gewesen? Mit einem Stück Klebeband sicherte sie sich die Abdrücke und klebte sie in das Detektivtagebuch. Dann wandte sie sich an Philipp, der immer noch in der gleichen verkrampften Haltung über Annette gebeugt dasaß. »Kannst du dich kurz alleine um sie kümmern?«, fragte sie Philipp freundlich.
»Aber klar«, antwortete Philipp dankbar. »Nichts lieber als das.«
Sie suchte den Blick von Marie und Franzi und zwinkerte ihnen zu. »Kommt, wir gehen mal hinein, um nach weiteren Beweisen zu suchen.«
Die beiden verstanden sofort. Kim wollte mit ihnen unter sechs Augen sprechen. Sie gingen ins Affenhaus. Hinter der Glaswand jagten sich Paco, Pepe und Maria um eine Plastik-

tonne, aber ansonsten waren, wie üblich, nicht viele Besucher da.

Als sie sich an den runden Tisch im Arbeitsraum setzten, holte Kim das Detektivtagebuch heraus und zeigte Marie und Franzi die Fingerabdrücke. »Es ist ganz offensichtlich. Diese großen Abdrücke stammen nicht von Annette. Und ich habe da so einen Verdacht …« Sie sah sich suchend um. »Ah, gut, dort drüben sind Philipps Unterlagen. Na, dann wollen wir doch mal sehen.« Sie holte den schweren Aktenordner und wuchtete ihn auf den Tisch. Der Ordner war mit einem Vorhängeschloss gesichert.

»Ob so viel Vorsicht wirklich nötig ist?« Franzi schnippte gegen das Schloss. »Den ganzen Uni-Wissenschaftskram versteht doch eh kein Mensch.«

»Vielleicht sind seine Untersuchungen bahnbrechend«, meinte Kim. »Oder er hat etwas zu verbergen. Aber das werden wir gleich wissen. Sie nahm das Fingerabdruckpulver wieder aus dem Rucksack und bestrich die Oberfläche des Ordners.

Es wimmelte von Fingerabdrücken, die meisten waren unbrauchbar, einige jedoch waren gut zu erkennen.

Kim sicherte sie und klebte sie neben die Abdrücke des Briefs. »Wusste ich es doch«, sagte sie triumphierend, als sie sie verglichen hatte. »Eindeutig Philipp. Auf die Runzel genau. Und das heißt, er ist nicht so unschuldig, wie er tut.«

»Offensichtlich nicht«, meinte Franzi. »Ich würde sagen, wir knöpfen ihn uns gleich mal vor und konfrontieren ihn mit ein paar unbequemen Tatsachen, oder was meint ihr?«

Kim und Marie nickten.

Als die drei !!! aus dem Affenhaus traten, saß Annette zusammengekauert auf der Bank – alleine.

»Wo ist Philipp?«, fragte Kim. »Wir müssen ihn dringend etwas fragen.«

»Der ist schon weg. Ich habe ihn gebeten, nach Hause zu gehen. Ich muss in Ruhe über das alles nachdenken«, antwortete Annette müde.

Mist, dachte Franzi. Das wäre die perfekte Gelegenheit gewesen, Philipp zu befragen.

Marie setzte sich neben Annette. »Das kann ich verstehen«, sagte sie und strich Annette über den Arm. »Hast du vielleicht seine Adresse oder Handynummer?«

Annette schüttelte den Kopf. »Tut mir leid«, sagte sie. »Keine Ahnung.«

»Nicht so schlimm«, meinte Marie und stand auf. »Und mach dir mal keinen Kopf. Wie kriegen denjenigen, der Sunima entführt hat, versprochen!«

Urzeittiere versus Uhrzeittiere

»Uahhh. Mir ist schlecht.« Marie hielt sich an der gläsernen Eingangstür der Paracelsus-Universität fest und krümmte sich. »Der Busfahrer trainiert offensichtlich für die Schlangenlinien-Busfahrmeisterschaft oder so was.«
Kim und Franzi kicherten. »Stimmt schon. Die Achterbahnfahrt war inklusive«, sagte Franzi, zog den Haargummi an einem ihrer roten Zöpfe fester und betrat die Aula der Uni. Der Boden war mit hellgrauen Marmorfliesen ausgelegt und die Decke spannte sich hoch oben in weiten Gewölbebögen über ihrem Kopf.
»Ich hätte nicht gedacht, dass ich so schnell wieder hierherkomme«, sagte sie. »Diese hohen Decken find ich total beklemmend. Man kommt sich so winzig klein vor. Das ging mir schon so, als ich Stefan neulich besucht habe.«
Stefan war Franzis großer Bruder und hatte den drei !!! schon häufig mit Rat und Tat oder mit einem Fahrdienst zur Seite gestanden. Seit ein paar Semestern studierte er an der Paracelsus-Universität.

Nachdem sie Philipp nicht persönlich hatten befragen können, hatten die drei !!! beschlossen, sein Umfeld unter die Lupe zu nehmen – genauer gesagt die Universität, an der er seine Doktorarbeit schrieb.
Auf dem Ordner war auch der Name einer Professorin vermerkt gewesen: *Prof. Dr. Jana Mammal.*
Und eben dieser Professorin Doktor Mammal wollten die

drei !!! nun einen Besuch abstatten und ihr einige Fragen zu ihrem Studenten stellen. Sie hatten sich kurzerhand in den Bus gesetzt, der zum Campus der Universität fuhr. Deren Haupthaus, ein großes Backsteingebäude, war von Liegewiesen mit Schatten spendenden Bäumen und gemütlichen Sitzgelegenheiten, an denen die Studenten lesen und lernen konnten, umgeben. Franzi und Marie hätten große Lust gehabt, sich einfach danebenzulegen und ein wenig Sonne zu tanken, doch Kim hatte darauf bestanden, erst die Ermittlungen weiterzuführen.

»Ist das eine eingemachte Schlange?«, fragte Marie und verzog angewidert den Mund. In der Vitrine der Aula stand ein Konservierungsglas und darin schwamm eine bleiche Schlange, die sie aus toten, milchigen Augen ansah.
»Das ist ein durch Formalin haltbar gemachtes Schlangenpräparat«, erklärte Franzi. »Das Formalin verhindert, dass die Schlange verwest.«
»Brr. Wie ekelig.« Marie schüttelte sich. »Meinem Magen ging es fast wieder gut, und nun das …«
»Da vorne ist die Mensa«, sagte Kim und deutete auf eine weiße Flügeltür, die in einen anderen Trakt des Gebäudes führte. »Da kannst du dich hinsetzen.«
»Mensa?« Marie sah Kim fragend an. »Das klingt so, als ob da auch jede Menge ausgestopfte Tiere rumstehen.«
»Quatschnudel.« Kim hakte Marie unter und zog sie in Richtung Flügeltür. »Die Mensa ist so was wie ein Studentenrestaurant. Da gibt es was zu essen und zu trinken. Und heute spendiere ich dir mal einen Kakao. Keine Widerrede!«

Franzi fand die Idee auch gut. Erst mal ankommen und sich ein wenig orientieren. Und am besten ging das bei einer Tasse Kakao, logisch.

Am allerbesten war der Kakao in ihrem Lieblingscafé, dem *Café Lomo*. *Kakao Spezial* eben. Franzi lief das Wasser im Mund zusammen, als sie an das himmlische Getränk mit der Sahnehaube dachte, und sie hatte sofort den Duft von Schokolade und Vanille in der Nase.

Voller Vorfreude folgte sie Kim und der absatzklackernden Marie durch die Tür.

Sie hatten Glück. Obwohl die Mensa vor essenden und laut quatschenden Studenten fast überquoll, fanden sie einen Tisch, an dem noch drei Plätze frei waren. Kim zog los, um den Kakao zu organisieren, und Franzi und Marie versprachen, ihr den Stuhl frei zu halten.

Neben Franzi saß eine elegante Dame um die fünfzig. Sie hatte lange silbergraue Haare, die sie zu einem Pferdeschwanz gebunden hatte.

Marie fiel sofort der große Silberring in Form eines Gorillas auf, den sie an der rechten Hand trug.

»Der Ring ist wunderschön!«, rief sie aus. »Ich bin fest davon überzeugt, dass Gorillas der neue Trend werden!«

Die Dame blickte Marie an und lachte. »Ach, meinst du wirklich?«, fragte sie. »Damit kenne ich mich nicht aus. Ich trage diesen Ring, um meine Verbundenheit mit diesen Tieren auszudrücken. Ich studiere sie seit Jahrzehnten, und je länger ich das tue, umso mehr Bewunderung hege ich für sie.« Sie streckte Marie die Hand entgegen. »Ich heiße Jana Mammal. Und wer bist du?«

Marie verschlug es die Sprache. Besser hätte die Sache ja kaum laufen können! Auch Franzi konnte einen Moment gar nichts sagen, sondern starrte die Professorin nur ungläubig an.

»Wir sind die drei !!!«, sagte sie, ohne den Blick abzuwenden.

»Ah, ist das der Name eures Referat-Teams? Wie nett! Allerdings sehe ich gerade nur Ausrufezeichen Nummer eins und Ausrufezeichen Nummer zwei, richtig?«

»Hier kommt schon Ausrufezeichen Nummer drei«, sagte Kim, die gerade ein Tablett mit drei Tassen Kakao auf den Tisch stellte. »Puh! Ich rufe diesen Tag zum Tag der Schlange aus: erst Schlangenlinien im Bus, dann eine haltbare Schlange im Glas und jetzt auch noch Schlange stehen an der Kasse …« Sie ließ sich auf den freien Stuhl plumpsen und nippte an ihrem Kakao. »Es ist kein *Kakao Spezial*, aber er erfüllt seinen Zweck.«

»Kim, darf ich vorstellen? Das ist Prof. Dr. Jana Mammal«, sagte Franzi.

Kim klatschte in die Hände. »Was? Das ist ja großartig!«, rief sie.

»Nicht wahr?« Franzi wandte sich wieder an die Professorin.

»Und wir haben natürlich auch richtige Namen«, sagte sie.

»Ich bin Franzi, die Modekennerin heißt Marie und das hier«, sie deutete auf Kim, »ist Kim. Wir sind allerdings noch keine Studenten. Sondern wir sind Detektivinnen. *Die drei !!!*.«

Jana Mammal schmunzelte. »Für Studentinnen säht ihr auch noch sehr jung aus. Detektivinnen? Das klingt ja hochinteressant. Was führt euch denn an die Uni?«

»Wir sind hier, weil wir in einem Fall ermitteln«, erklärte Kim. »Und – es ist wirklich verrückt – wir sind hier, weil wir genau mit Ihnen sprechen wollen. Über einen Ihrer Studenten: Philipp Meixner.«

»Philipp?« Jana Mammal sah Kim verwundert an. »Von dem hab ich schon lange nichts mehr gehört. Ein ganz ausgezeichneter und ungewöhnlicher Student. Wie geht es ihm? Er steckt doch nicht in Schwierigkeiten?«

»Wir hatten gehofft, dass *Sie* uns das sagen könnten. Soweit wir wissen, schreibt er zurzeit seine Doktorarbeit bei Ihnen.« Kim kratzte sich nervös am Unterarm.

»Nun ja, aber das ist ... Lasst mich einmal nachdenken ...« Die Professorin klopfte sich mit dem Zeigefinger an die Oberlippe. »Nun über drei Jahre her. Er war ein unglaublich guter Student. Ein echter Überflieger.«

»Was meinen Sie damit?«, fragte Marie neugierig.

»Er hat damals zwei Doktorarbeiten auf einmal geschrieben«, erklärte die Professorin. »In Literaturwissenschaften und in Zoologie. Ich erinnere mich so genau, weil er auf beiden Gebieten eher ungewöhnliche Themen gewählt hatte. *Indirekte Kommunikation unter Krokodilen* bei mir und in Literatur *Versteckte Liebesbotschaften auf Einkaufszetteln.*«

»Indirekte Kommunikation unter Krokodilen?«

»Versteckte Liebesbotschaften auf Einkaufszetteln?«

Die beiden Fragen waren Kim und Franzi gleichzeitig herausgerutscht. Alle mussten lachen.

Marie spürte plötzlich etwas an ihrem Bein. Das Etwas zuppelte und zerrte an ihrem Spitzenrock. Sie blickte unter den Tisch und sah einen schuppigen, ledrigen Hals, auf dem ein

schrumpeliger Kopf saß. Erschrocken sprang sie auf. »Ein Krokodil!«, schrie sie. »Unter dem Tisch sitzt ein Krokodil!«
Franzi und Kim zogen ihre Beine nach oben und sahen Jana Mammal mit vor Schreck aufgerissenen Augen an.
»Ach, du liebe Zeit«, sagte sie. »Ich habe euch Frieder nicht vorgestellt. Er ist eine Landschildkröte. Mein Haustier sozusagen. Seit ich ihn aus einem Zirkus befreit habe, weicht er mir nicht mehr von der Seite.«
Sie beugte sich nach unten und hielt Frieder ein Salatblatt vor die Nase. Frieder setzte sich gemächlich in Bewegung und trapste Schritt für Schritt unter dem Tisch hervor. Dabei machten seine Krallen ein schabendes Geräusch auf dem Steinboden.
»Ist der süß«, meinte Franzi und strich sanft über den hornigen Panzer.
»Oh ja. Harte Schale, weicher Kern. Er ist ein echter Traumtyp.« Jana Mammal lachte und kraulte Frieder am Hals. Er genoss das sichtlich, denn er reckte seinen Kopf weit nach vorne und rieb die Wange an der Hose der Professorin.
Marie setzte sich wieder. »Dürfen wir noch einmal auf Philipp Meixner zurückkommen?«, fragte sie. Dabei behielt sie Frieder gut im Auge.
»Es ist nämlich so, dass er behauptet, bei Ihnen eine Arbeit über verwaiste Gorillas zu schreiben. Er kommt jeden Nachmittag ins Gorillahaus, beobachtet die Gorillakinder und notiert alles genau. Zumindest dachten wir bis jetzt, dass er das macht«, fuhr Marie fort.
Jana Mammal sah die drei !!! nachdenklich an. »Es tut mir leid, aber ich kann euch nicht weiterhelfen«, sagte sie. Sie

klang beunruhigt. »Ich habe Philipp wirklich seit drei Jahren nicht gesehen. Bei mir laufen keine Forschungsarbeiten über verwaiste Gorillas.«
»Gut zu wissen«, sagte Kim. »Das ist eine wichtige Information für uns.«
Auf Jana Mammals Stirn bildete sich eine große Sorgenfalte. »Wenn ich euch oder Philipp irgendwie helfen kann, sagt mir Bescheid. Es ist klar, dass ihr keine Ermittlungsgeheimnisse ausplaudern dürft, aber eine Sache möchte ich euch gerne noch sagen: Ich habe Philipp damals als intelligenten und immer hilfsbereiten Studenten erlebt.«
»Danke«, sagte Kim. »Sie haben uns wirklich sehr weitergeholfen.«
»Gerne.« Die Professorin sah auf ihre Armbanduhr, stand auf und trank mit einem Zug die Teetasse leer, die vor ihr stand. »Jetzt müsst ihr bitte mich Uhrzeittier«, sie wedelte mit der Uhr hin und her, »und dieses Urzeittier«, dabei deutete sie auf Frieder, »entschuldigen. In fünf Minuten beginnt mein Seminar. Und wir sind wirklich nicht die Schnellsten, wie ihr euch sicher denken könnt. Es war schön, eure Bekanntschaft gemacht zu haben.«
Kim nickte. »Wir haben uns auch gefreut«, sagte sie. »Auf Wiedersehen, Frau Professor. Tschüss, Frieder.«
Die drei !!! sahen Jana Mammal und Frieder, der langsam neben ihr herkroch, nach.
»Merkwürdig, alles sehr merkwürdig«, murmelte Kim.
»Was meinst du? Professor Doktor Mammal? Oder Frieder? Oder die Sache mit Philipp?«
»Ich befürchte, ich meine es genau so, wie ich es sagte. Das

ist ALLES total merkwürdig«, antwortete Kim und nahm einen großen Schluck von dem mittlerweile kalten Kakao.

Die drei !!! saßen an der Haltestelle und warteten auf den Bus, der sie zurück in die Stadt bringen sollte. Jede von ihnen war in Gedanken noch einmal die Ereignisse der letzten Stunde durchgegangen. Schließlich brach Franzi das Schweigen und sagte: »Philipp hat sich durch die Fingerabdrücke auf dem Erpresserschreiben verdächtig gemacht. Und eigentlich müsste es in unseren Köpfen nach der Befragung seiner Professorin Alarm läuten. Warum gibt er vor, eine Doktorarbeit zu schreiben, wenn er doch bereits Doppeldoktor ist? Er müsste doch längst irgendwo als Zoologe oder als Einkaufszettelanalytiker arbeiten. Warum also verbringt er so viel Zeit im Zoo? Da ist etwas oberfaul. Und doch kommt er mir nach dem Gespräch mit seiner Doktormutter *weniger* verdächtig vor. Ich habe ihr geglaubt, dass sie ihn zwar für ein wenig durchgeknallt hält – ich meine, dazu muss man sich ja nur mal die Themen seiner Doktorarbeiten anschauen –, aber sicher nicht für böse oder sogar kriminell.«
»Trotzdem kann er der Täter sein«, wandte Kim ein. »Was mich allerdings ein wenig stutzig macht, ist die Tatsache, dass er ja bereits seit mehreren Monaten seine Zeit im Zoo verbringt. Wenn er wirklich ein Verbrechen begehen wollte, warum in aller Welt hat er dann so lange gewartet? Das ist doch unlogisch. Aber wer weiß. Vielleicht hatte er vorher keine Möglichkeit, Sunima zu entführen?«
»Oder er wollte erst das Vertrauen der Gorillas gewinnen«, überlegte Marie. »Es ist bestimmt besser, wenn der Gorilla,

den du entführen willst, dich gut kennt. Das würde auch erklären, warum Pepe, Paco und Maria überhaupt nicht aufgewühlt wirken.«
Kim nickte. »Ich weiß langsam überhaupt nicht mehr, was ich denken soll. Bäumler. Philipp. Philipp. Bäumler. Jede Theorie ergibt für sich selbst Sinn. Ich beantrage eine Pause, damit sich alle Informationen in meinem Kopf sortieren können. Was meint ihr?«
»Morgen ist Donnerstag«, sagte Marie. »Unser Zoo-Aktionstag. Da kommen wir sowieso auf andere Gedanken.«
»Ich halte das auch für eine gute Idee. Wir geben uns morgen ermittlungsfrei. Die Ereignisse haben sich in den letzten Tagen ziemlich überschlagen«, meinte Franzi. »Wir müssen das Ganze erst sacken lassen. Nur so können wir Sunima helfen.«

Flirten à la Gorilla

Franzi trug in jeder Hand eine Pappschachtel mit Affenkuchen darin und balancierte sie zum Familienauto. Nur nicht stolpern, nur jetzt nicht stolpern, dachte sie, als sie über den Hof lief. Polly, Franzis hinkendes Huhn, hatte sie erspäht und humpelte auf Franzi zu.

Oh nein. Franzi wusste, auf was Polly aus war. Die Schnürsenkel in ihren Schuhen. Die hatte sie in letzter Zeit im Spiel als Wurmersatz benutzt, damit Polly geschickter wurde, wenn ihr ein richtiger Wurm vor den Schnabel kroch. Doch Polly hatte zum Leidwesen aller Schnürschuhträger, die sich in ihre Nähe wagten, die Schnürsenkel als Beuteobjekt beibehalten.

»Nein, Polly, nicht!«, rief sie. »Aus.« Sie schüttelte ihr Bein, um Polly zu vertreiben. Doch es nützte nichts. Polly pickte munter auf Franzis linken Turnschuh ein und versuchte, den Schnürsenkel zu erwischen. Die Pappkartons schwankten gefährlich hin und her. »Ahhhh«, schrie Franzi. »Hilfe.«

»Bin ja schon da.« Blakes Rollstuhl rollte von hinten an Franzi heran und er klopfte auf seinen Schoß. »Stell die Kuchen hier drauf. Da sind sie sicher.«

Dankbar nahm Franzi das Angebot an. »Es sind die letzten beiden. Dann ist das Auto randvoll.«

»Ist doch super!«, sagte Blake. »Ein Auto vollgestopft mit Zuckerbomben. Hoffentlich hält uns die Polizei nicht an.«

Franzi grinste. Blake war einfach immer gut drauf und hatte einen passenden Spruch parat. Wie machte er das nur? Die letzten zwei Stunden waren verflogen wie nichts. Franzi hatte Blake zu sich nach Hause eingeladen, weil sie mit ihm die Skate-Show besprechen und proben wollte. Es hatte Franzi total viel Spaß gemacht, sich die Choreografie mit Blake auszudenken und die passende Musik auszusuchen. Blake hatte in letzter Zeit einige waghalsige Moves und Sprünge geübt, die er sich von anderen Chairskatern im Internet abgeguckt hatte und die er gerne in der Show zeigen wollte. Und Franzi hatte sofort ein paar coole Ideen gehabt, wie sie Moves auf ihren Inlinern noch spektakulärer machen konnte. Es war schon merkwürdig, dachte Franzi plötzlich. Alles war so leicht und alles schien möglich, wenn sie mit Blake zusammen war. Sie beobachtete ihn, wie er die beiden Kuchenkisten geschickt in den Kofferraum des Autos stapelte. Und eine Erkenntnis leuchtete hell wie eine Reklametafel in ihrem Kopf: Sie konnte wirklich froh sein, einen so guten Freund wie Blake zu haben!

Als sie am Skatepark ankamen, trat die Sonne hinter den Wolken hervor. Perfekt, dachte Franzi. Sie war ein wenig aufgeregt. Ob wohl viele Leute Kims Zeitungsaufruf folgen würden?

Frau Winkler, die sie gefahren hatte, half ihnen, die Affenkuchen auszuladen.

Kim und Marie hatten bereits Tapeziertische aufgestellt.

»Meine Güte. Euer Backofen war im Dauereinsatz, so wie ich das sehe«, sagte Kim und zählte mit dem Finger die Kisten. »Einundzwanzig Stück, das ist echt cool. Vielen Dank, Frau Winkler.«

»Gern geschehen«, sagte Franzis Mutter. »Ich freue mich, wenn ich dem Zoo helfen kann. Schließlich habe ich ja alles hautnah mitbekommen. Gleich von zwei Seiten.« Sie drückte Franzi an sich und lächelte. »Allerdings habe ich nun absolut keine Affenbrotbaumfrüchte mehr. So schnell wird es also keinen Affenkuchen mehr geben.«

»Heute Abend werden auch diese einundzwanzig weg sein«, sagte Kim und deutete auf die Menschentraube, die sich um Maries T-Shirt-Stand gebildet hatte. »Schaut mal da rüber. Marie kann sich vor lauter Andrang kaum retten. Sie hat mit ihren Shirts anscheinend voll ins Schwarze getroffen.«

Tatsächlich. Obwohl der Aktionstag noch gar nicht offiziell begonnen hatte, wuselten ein paar Meter weiter viele Menschen durcheinander, hielten T-Shirts in die Höhe, riefen sich die aufgedruckten Sprüche zu und lachten darüber. Franzi konnte weder Marie noch ihren Verkaufstisch sehen. Die Menschentraube hüllte sie komplett ein.

»Geht ruhig rüber«, meinte Kim zu Franzi und Blake. »Ich kümmere mich um den Kuchenverkauf.«

Franzi nickte Blake zu. Zwei Mädchen kamen ihnen Hand in Hand entgegen. Die eine trug ein T-Shirt mit dem Aufdruck *Lieber affig als zickig,* die andere hatte sich den Spruch *Ich glaub, mich laust der Affe* ausgesucht. Im Hintergrund beider Shirts hatte Marie ein supersüßes Bild eines Babygorillas platziert. Am unteren Saum hatte Marie das Logo *Zoo? Logisch!* angebracht. Die T-Shirts waren Marie wirklich total super gelungen.

»Was Mode betrifft, ist Marie einfach unschlagbar«, sagte Franzi bewundernd.

»Und du bist auf deinen Inlinern unschlagbar«, sagte Blake. Franzi spürte seinen Blick auf sich ruhen. Ihr Herz schlug schneller. Vor Freude. Und vor Verwirrung. Normalerweise wurden ihr solche Blicke und Komplimente schnell unangenehm. Doch jetzt war es ganz anders. Irgendetwas in ihr wünschte sich, dass Blake sie öfter auf diese Weise ansah. Was passierte da? Hatten Marie und Kim recht? Waren das die ersten Anzeichen von Verliebtheit? Quatsch, schalt sie sich innerlich. Blake ist nicht in mich verliebt und ich bin nicht in ihn verliebt. Wir sind Freunde. Basta. Schluss und aus.

»Da vorne ist Holger«, sagte sie, um die Situation und ihre Gedanken zu beenden. »Er schleppt Nachschub an.«

Holger hievte gerade einen Packen Shirts auf den Tapeziertisch. Sofort stürzten sich alle auf die neue Ware. »Langsam, langsam. Jeder kommt dran«, hörte Franzi Marie rufen. Doch ihre Freundin wirkte trotz des Trubels um sie herum überhaupt nicht gestresst. Im Gegenteil. Sie schien die Aufmerksamkeit zu genießen. Bei Holger, Maries Freund, sah die Sache schon anders aus. Er warf Franzi einen verzweifelten Blick zu und kam zu ihnen herüber.

»Der helle Wahnsinn«, stöhnte er. »Erst habe ich Marie für verrückt erklärt, weil sie über hundert Shirts gemacht hat. Aber so wie es aussieht, reichen die hinten und vorn nicht. Ich habe schon eine ellenlange Liste mit Bestellungen aufgenommen. Wenn sie die alle abarbeiten will, darf ich frühestens Weihnachten mit dem nächsten gemeinsamen Date rechnen.«

»So schlimm wird es schon nicht werden«, sagte Blake und

lachte. »So wie ich Marie kennengelernt habe, ist sie die Meisterin des Multitaskings. Außerdem darfst du nicht undankbar sein. Du *hast* wenigstens richtige Dates mit einem der Ausrufezeichen.«

Was sollte denn diese Bemerkung? Franzi spürte, wie ihre Wangen heiß glühten. Hieß das etwa, Blake wünschte sich »richtige« Dates mit ihr? Oder wollte er sie auf den Arm nehmen? Plötzlich wurde Franzi die Sache zu viel. Sie drehte sich um und lief auf eine der Bänke zu, die um die Halfpipe standen. Sie setzte sich, atmete tief durch und zog sich die Inlineskates an.

Blake rollte zu ihr. »He. Bist du sauer? Tut mir leid, wenn ich dir zu nahe getreten bin«, sagte er.

»Quatsch. Ich bin überhaupt nicht sauer. Ich finde nur, wir sollten mit unserer Show beginnen, jetzt, da gerade so viele Leute hier sind. Meinst du nicht auch?«

»Ja, klar. Wenn es wirklich nur das ist«, sagte Blake ein wenig verdattert. »Dann starten wir mal.«

Er rollte auf die Halfpipe und holte ein kleines Megafon aus seinem Rucksack.

»Ich bitte um eure Aufmerksamkeit«, rief er in das Gerät. »Zuerst einmal möchte ich euch danken, dass ihr Kims Zeitungsaufruf so zahlreich gefolgt seid. Als Zweites möchte ich euch danken, dass ihr Maries supergeniale Shirts kauft, als hättet ihr keine anderen Klamotten mehr anzuziehen. Und drittens gilt mein besonderer Dank etwas Zukünftigem: Nämlich, dass ihr nach unserer Show so viele Münzen in unsere Baseballkappe werfen werdet, dass sie bis zum Rand gefüllt ist.«

Blake warf sein Käppi und den Rucksack an den Rand der Halfpipe und riss die Arme in Siegerpose nach oben. Alle lachten.
Dann gab er Franzi ein Zeichen und sie schaltete die an seinen MP3-Player angeschlossenen Lautsprecher an. Dumpfe Beats hämmerten über den Platz. Blake nahm Anlauf und rollte die Halfpipe auf einem Hinterrad herunter. Dann bremste er, machte eine Drehung und sauste auf der anderen Seite rückwärts nach oben. Die Menge johlte und klatschte begeistert. Nun stieg Franzi in die Performance ein: Sie rutschte seitlich auf den Inlinern über die Kante der Rampe. Als sie bei Blake ankam, sprang sie über ihn hinweg. Das Publikum wurde ganz still. Niemand wagte mehr, laut zu atmen, so schnell und akrobatisch war Blakes und Franzis Auftritt.
Als Franzi nach der Vorstellung Blakes Hand nahm, um sich zu verbeugen, sah sie mit einem zufriedenen Blick auf die Baseballkappe, dass Blake mit seiner Vorhersage recht behalten hatte.

Kim lehnte sich an die Steinmauer hinter dem Kuchenstand. Kuchen war allerdings keiner mehr da. Nur noch ein Riesenberg Krümel. Ein Junge, etwa im Alter der drei !!!, wischte mit einem Lappen den Tisch ab. Er trug ein Fischerhemd und eine Wollstrickjacke. Auf seinem Kopf saß ein zerfledderter Strohhut, unter dem schwarze Haare hervorquollen.
»Hallo, wer bist du denn?«, fragte Franzi und musterte den Jungen so interessiert, dass der lachen musste.
Er streckte ihr die Hand hin. »Ich bin Nico. Ich interessiere mich schon seit Jahren für Gorillas und bin mit Kim ins Ge-

spräch gekommen. Als dann der Kuchenansturm begann, habe ich einfach zur Kuchenschaufel gegriffen und mitgemacht.«

»Das ist ja supernett von dir!«, antwortete Franzi. »Ich hatte die ganze Zeit ein schlechtes Gewissen, Kim beim Kuchenverkauf allein zu lassen.«

Nico lächelte erst Franzi und dann Kim an. »Es war sehr nett und sehr informativ. Wahnsinn, dass ihr so engen Kontakt mit den Gorillas haben durftet. Das macht die Entführung für euch sicher extra tragisch. Wenn ich euch irgendwie helfen kann, sagt Bescheid.«

»Total gerne! Aber bitte später, ich bin völlig erledigt«, stöhnte Kim. »Hättet ihr geglaubt, dass so viele Leute kommen? Wegen eines popeligen Zeitungsartikels?«

»Dein Artikel war super. Das mal vorweg. Du hast ihn einfach so gut geschrieben, dass sich jeder angesprochen gefühlt hat.« Franzi hielt kurz inne und fuhr dann fort: »Mit diesem Mega-Erfolg habe ich allerdings auch nicht gerechnet.« Sie rieb sich die schmerzenden Füße. Die Leute hatten nicht lockergelassen. Blake und sie hatten ihre Show noch vier weitere Male aufgeführt.

Selbst Blake, den so schnell nichts schlauchte, saß platt in seinem Rollstuhl. »Was gäbe ich für ein Stück Affenkuchen …«, murmelte er.

»Tata!« Kim holte einen noch unangeschnittenen Kuchen unter dem Tisch hervor. »Habe ich für uns versteckt. Ich hatte das Gefühl, wir brauchen etwas, womit wir auf diesen Tag anstoßen können.«

»Du bist die Beste«, sagte Marie, säbelte sich ein Riesenstück ab und biss hinein, »eimpfach die Befte.«

Detektivtagebuch von Kim Jülich
Donnerstag, 19:47 Uhr
Es gibt nichts Neues. Das ist allerdings auch nicht verwunderlich, denn wir haben uns heute, am Zoo-Aktionstag, eine strikte Ermittlungspause in Sachen Gorilla-Entführung verordnet, damit unsere Gedanken und Eindrücke sacken können. Bisher ging alles ziemlich Schlag auf Schlag und der Fall ist ganz schön verwirrend. Und verwirrt bin ich, wenn ich ehrlich bin, auch noch immer. Hoffentlich kann ich morgen mehr schreiben.

Geheimes Tagebuch von Kim Jülich
Donnerstag, 19:50 Uhr
Pech gehabt! Diesmal lohnt es sich nicht, weiterzulesen. Eure Neugier ist stärker? Tja, ich habe euch gewarnt. Eure Enttäuschung wird grenzenlos sein.
Das hätte ich wirklich nicht für möglich gehalten: Unser Kreativplan zur Zoorettung ist voll aufgegangen! Ich hatte damit gerechnet, dass ungefähr zwanzig Leute kommen. Aber tatsächlich waren es dann mehr als zweihundert! Wahnsinn! Das Geld, das wir eingenommen haben, geht direkt in die Zookasse. Es ist ein ganz schöner Batzen zusammengekommen – wie viel genau, weiß ich noch gar nicht. Das Wichtigste an der Sache ist aber, dass wir die Leute motiviert haben, mal wieder selbst in den Zoo zu gehen. Ich glaube, ich habe in meinem Artikel eine gute Mischung aus Bericht um Sunimas Entführung und Schilderung der Situation der Gorillawaisen im Allgemeinen hinbekommen. Vielleicht sollte ich doch Journalistin werden? Ach nee, weil ich, wenn ich so recht bedenke, lieber über erfundene Fälle schreibe. Bei den echten will ich nicht schreiben, sondern ermitteln.

Von den zweihundert Besuchern war im Übrigen einer besonders nett: Nico. Als er gesehen hat, dass ich beim Kuchenverkaufen Hilfe brauche, hat er sofort mit angepackt. Er ist genauso alt wie ich und er hat auch ein sehr aufwendiges Hobby. Er arbeitet nämlich in einer Organisation mit, die sich für den Schutz der Berggorillas in Ruanda einsetzt. In Ruanda ist immer wieder Krieg und die Gorillas dort geraten unfreiwillig ins Kriegsgeschehen. Das, was er darüber erzählt hat, klingt sehr traurig und furchtbar. Gut ist aber, dass durch den Einsatz der Organisation schon einigen Gorillas das Leben gerettet werden konnte. Und als er meinen Artikel in der Zeitung gelesen hat, wollte er unbedingt zum Aktionstag kommen und alles über das Gorillawaisenhaus erfahren. Ich hab ihm erzählt, was ich wusste, aber sehr viel Zeit zum Reden hatten wir gar nicht, denn wir mussten den Affenkuchen verkaufen. Ein bisschen schade ist, dass er nur bis zum Wochenende hier ist. Er wohnt eigentlich bei seiner Mutter in einer anderen Stadt. Na ja. Aber er hat versprochen, der Gorillaorganisation, bei der er sich engagiert, von Sunimas Entführung zu erzählen. Vielleicht bekommen wir da ja noch Hilfe von ganz anderer Seite?

Eine heiße Spur

Franzi war im Morgengrauen aufgestanden. Sie hatte geträumt, dass sie Sunima befreit hatten. Es war ein schöner Traum gewesen und Franzi war mit dem Gefühl, das kleine Gorillamädchen im Arm zu halten, aufgewacht. Aber die Realität hatte sich wie eine kalte Dusche über sie ergossen. Sunima war immer noch in Gefahr. Morgen sollte die Lösegeldübergabe sein. Au! Franzi besah sich ihren Zeigefinger. Sie hatte vor Anspannung so fest an der empfindlichen Nagelhaut herumgebissen, dass es blutete. Mist! Aber darauf konnte sie jetzt keine Rücksicht nehmen. Was sie jetzt brauchte, waren Tinkas weiche Schnauze und ihr warmer Atem. Sie zog sich schnell eine Jogginghose und eine weite Hoodie über und schlich sich zu ihrem Pony.

Tinka schnaubte leise, als sie Franzi hörte.

Franzi umarmte die schwarze Ponystute und vergrub ihre Nase in dem duftenden Fell. »Ach, Tinka«, sagte sie leise. »Hoffentlich geht es Sunima gut.«

Tinka hob den Kopf und sah Franzi aus dunklen tiefen, Augen an. Dann stupste sie sanft mit ihrer Schnauze an Franzis Wange.

Franzi lächelte. »War das ein Alles-wird-gut-Bussi?«, fragte sie.

Tinka stupste noch einmal.

»Es reicht, es reicht, ich hab verstanden«, kicherte Franzi. »Ich soll mir keine Sorgen machen.«

Das Pony wieherte zustimmend.

Franzi schüttete eine Kelle Hafer in Tinkas Futtereimer, als das Handy in ihrer Hosentasche brummte. Sie zerrte es hervor und sah auf das Display. Marie.

Fahren wir nach der Schule gemeinsam zu Annette in den Zoo? Ich kann es kaum erwarten, ihr das Geld zu geben … Marie

Unglaublich! Das Gleiche hatte sie Kim und Marie vorschlagen wollen. Wenn das so weiterging, brauchten sie bald keine elektronischen Hilfsmittel mehr, um sich zu verständigen. Dann würden sie das per Gedankenübertragung regeln! Sie freute sich schon so auf Annettes Gesicht, wenn sie den Batzen Geld sah! Dass der Aktionstag eingeschlagen war, hatte Annette natürlich mitbekommen. Obwohl sie den Nachmittag nicht hatte freinehmen können, hatte sie kurz beim Fest vorbeigeschaut. Aber dass sie mit den Aktionen so viel Geld zugunsten des Zoos eingenommen hatten – davon hatte Annette keinen blassen Schimmer.
Schnell tippte Franzi *Okay* ins Handy und sandte die Nachricht an ihre Freundinnen.

»Hiermit ist es amtlich. Ich bin fürs Busfahren einfach nicht geschaffen«, hauchte Marie und hielt sich an der Metallstange fest, an der die Fahrzeiten des Busses aushingen.
»Nee, schon klar. Du bist eher an Kutschen und Sänften gewöhnt«, spottete Kim.
»Haha, oberwitzig, echt«, fauchte Marie wütend. »Was kann ich dafür, wenn mir bei dem Geschaukel neuerdings schlecht wird? Und bevor DU den blöden Scherz machst, mach ich

ihn lieber selber: Nein, es ist nicht das gleiche Geschaukel wie auf hochhackigen Tretern!«

»Jetzt sei doch nicht sauer. Wir gehen ganz langsam, in Ordnung? Das wird schon wieder«, meinte Kim.

Die drei !!! hatten sich wie besprochen nach der Schule in der Stadt getroffen und waren mit dem Bus zum Zoo gefahren. Herr Winkler hatte sie heute nicht mit dem Auto mitnehmen können, denn er hatte Operationstag in der Tierarztpraxis. Die Bushaltestelle lag ein kleines Stück vom Zooeingang entfernt und die drei !!! mussten den Weg am Golfplatz entlanggehen.

Franzi spürte plötzlich ein fieses Bauchgrummeln. Was war das denn? Hatte sie etwa auch die Busfahrt nicht vertragen? Ihr Blick fiel über die kurz geschnittenen Rasenflächen und die abgezirkelten Kieswege des Golfclubs. Alles war kahl, beschnitten und ordentlich. Beklemmend ordentlich. In diesem Moment wurde Franzi klar, woher ihr Bauchweh kam. Das hier war das genaue Gegenteil von ihrem Zuhause. Auf dem Bauernhof wuchsen überall Blumen und Gräser, die niemand dort eingepflanzt hatte. So sollte das Leben sein. Und nicht künstlich wie der Golfplatz!

»Wir sollten uns erst noch einmal auf dem Golfplatzgelände umsehen«, sagte sie plötzlich. »Das Geld können wir Annette auch später geben. Vielleicht erwischen wir Bäumler und können ihn wegen der Schmierereien befragen.«

»Gute Idee«, meinte Kim. »Genau das machen wir.«

Die drei !!! schlichen sich durch das Eingangstor auf den Parkplatz, der an zwei Seiten von weißen Containern gesäumt war.

»Warum braucht Bäumler denn so viele Garagen?«, fragte Kim.
Franzi zuckte mit den Schultern. »Keine Ahnung. Die Dinger sind mir das letzte Mal gar nicht aufgefallen.«
»Mm, die sind neu, glaube ich. Wäre doch ziemlich interessant zu wissen, was er darin aufbewahrt, oder? So viele Golfmobile hat er nun ja auch nicht, die er unterstellen muss«, meinte Marie, deren Gesichtsfarbe schon beinahe wieder so rosig war wie das Rouge auf ihren Wangen.
»Meine Detektivnase juckt!«, sagte Kim. »Ich muss wissen, was es mit diesen weißen Kästen auf sich hat.« Marie und Franzi waren einverstanden.
Sie schauten sich um. Niemand war auf dem Gelände zu sehen. Vorsichtig schlichen sie am Zaun entlang zu den Containern. Kim drückte die Klinke des ersten herunter. Verschlossen. Sie probierte es am zweiten, am dritten und am vierten. Alle waren fest verriegelt. Franzi hatte die Hoffnung schon aufgegeben, als Kim beim fünften flüsterte: »Psst. Leise. Hier ist jemand drin!«
Franzi und Marie schlichen zu Kim. Die Tür des Containers war nur angelehnt. Warum war ihnen das nicht gleich aufgefallen? Sie gingen einmal um den Kasten herum, immer darauf bedacht, sich nicht durch ein versehentliches Geräusch zu verraten. Alles ging glatt. Von ihrer neuen Position aus konnten sie alle drei bequem ins Innere des Containers sehen. Ein Mann mit kräftiger Figur stapelte leere Holzkisten zu einem Turm. Offensichtlich stellte er sich beim Turmbau nicht sehr geschickt an, denn der Turm schwankte bedrohlich hin und her.

»Verdammt! Wieso hält das denn nicht? Diese Dreckskisten. Kann es nicht was Ordentliches sein? Aber nein, aber nein, es ist wichtig, dass es ANDERS ist. Jawohl. ANDERS muss es sein. Als ob ich nicht Besseres zu tun hätte!«, schimpfte der Mann.

»BÄUMLER«, formte Kim tonlos mit den Lippen. Marie und Franzi nickten. Sie hatten verstanden. Der tobende Mann war Jochen Bäumler.

Es rumpelte und krachte.

Die drei !!! hörten Holz splittern und Herrn Bäumler laut fluchen. »Verdammte Mistdreckskisten. Ich hau euch zu Sägespänen, wenn ihr nicht gleich …«

Erst stampfte er wie ein wütendes Rumpelstilzchen mit dem Fuß auf und dann trat er gegen eines der Wandregale. Etwas fiel zu Boden und kullerte über den Boden in Richtung Tür. Vor dem Spalt blieb es liegen.

Blitzschnell griff sich Kim den Gegenstand und hielt ihn in die Höhe: Es war eine Spraydose der Marke Lackmeier in der Farbe »Stierblutrot«!

»Los, weg hier, wir haben genug gesehen und gehört«, flüsterte Kim aufgeregt.

Sie gingen den gleichen Weg zur Parkplatzeinfahrt hastig zurück.

Als sie außer Hörweite der Container waren, meinte Franzi: »Jetzt haben wir ihn! Und die Beweise noch dazu. Ich meine, wer, bitte schön hat so viele leere Obststeigen im Schuppen, wenn er nicht Unmengen an Futter für einen entführten Gorilla braucht?«

»Außerdem ist uns genau die gleiche Spraydose vor die Füße

gerollt, die wir nach dem Sprühattentat auf dem Gehsteig gefunden haben. Diese Sauerei geht demzufolge auch auf Bäumlers Rechnung. Er selbst kann es nicht gewesen sein, also muss er einen Komplizen haben«, überlegte Kim.
»Jetzt müssen wir also nur noch herausfinden, ob eventuell Philipp dieser Komplize ist?«, fragte Marie.
»Sehr richtig.« Kims Gesicht bekam einen finsteren, entschlossenen Ausdruck. »Und genau zu dem gehen wir jetzt auch!«

Am Eingang des Zoos war der Teufel los. Alle Kassenhäuschen waren besetzt und trotzdem hatte sich an jedem einzelnen eine lange Schlange von Besuchern gebildet.
»Huch, was ist denn hier los?« Franzi sah sich ungläubig um. »Das ist ein ungewohntes Bild.«
»Schaut mal. Einige tragen meine T-Shirts«, sagte Marie mit Stolz in der Stimme. »Ich glaube, der Artikel und der Aktionstag gestern ziehen noch viel weitere Kreise, als wir je für möglich gehalten haben.«
»Glaubt ihr wirklich, dass die alle wegen des Artikels hier sind? Ich meine, ich freue mich für den Zoo. Aber ich kann das gar nicht richtig glauben.« Kim starrte entgeistert die vielen Menschen an, die in den Zoo hineinströmten. »Aber wie dem auch sei. Stürzen wir uns rein ins Getümmel!«

Auch das Gorillahaus war gut besucht. Alle bunten Bänke und Stühle waren besetzt und Paco, Pepe und Maria gaben ihr Bestes, die Zuschauer zu unterhalten. Sie schnitten Grimassen, äfften sich gegenseitig nach und jagten sich quer

durch das Gehege. Je mehr die Kinder an der Glasscheibe vor ihnen lachten, umso mehr Quatsch schien ihnen einzufallen.
Die drei !!! guckten den drei Gorillas eine ganze Weile zu.
»So schwer es mir fällt«, meinte Kim. »Wir müssen weitermachen, damit auch Sunima endlich wieder mit den dreien herumtoben kann.«
»Hast ja recht«, meinte Franzi. »Habt ihr Annette schon gesehen?«
Marie schüttelte den Kopf. »Sie ist bestimmt im Personalraum.«
Der Personalraum war nicht abgesperrt. Sie öffneten die Tür und gingen hinein.
»Annette?«, rief Franzi. »Bist du da?«
»Nö, natürlich nicht. Wie immer in letzter Zeit«, antwortete jemand mit genervter Stimme. Es war Philipp.
»Ha, Glück gehabt. Er ist allein. Dann können wir ihn ja endlich befragen«, flüsterte Kim.
Die drei !!! gingen zu ihm.
»Wo ist Annette denn?«, fragte Franzi.
»Keine Ahnung, wo sie so lange steckt. Sie ist in letzter Zeit dauernd bei Wolf Taler. Bespricht irgendwelche Sachen, von denen sie mir nichts sagen will oder kann, was weiß ich. Und ich passe dann solange auf die Gorillas auf.« Er zog das rote Käppi vom Kopf und kratzte sich nervös. »Ich bin richtig froh, dass ihr hier seid«, fuhr er fort. »Ich muss schon seit einer Stunde dringend aufs Klo. Aber ich kann die Gorillas mit den vielen Besuchern doch nicht alleine lassen. Würdet ihr …? Bin gleich wieder da!«

Ohne eine Antwort abzuwarten, lief er mit zusammengekniffenen Beinen zur Tür hinaus.
»Halt, wir wollen mit dir reden«, rief Kim ihm hinterher. Doch Philipp war schon weg.
»Also langsam wird es ärgerlich, dass er immer abhaut, wenn wir ihn verhören wollen«, grummelte Franzi.
»Er wird schon wiederkommen«, meinte Marie. »Schließlich weiß er nicht, dass wir ihn verdächtigen.«
Franzis Blick fiel auf ein Regal, in dem sich Töpfe, Schüsseln und anderer Kram stapelten. »Guckt mal, was da liegt: Philipps Ordner! Und was noch besser ist: Er ist offen!«
Die drei !!! stürzten sich auf den Ordner.
Kim war am schnellsten und wuchtete das schwere Teil vor sich auf den Tisch.
Marie und Franzi sahen ihr neugierig über die Schultern.
Franzi hatte erwartet, wissenschaftliche Daten und Tabellen zu finden. Sie hatte gehofft, dass Philipp sich verräterische Notizen gemacht haben könnte, die ihn als Täter oder Mittäter entlarvten. Aber das, was sie sah, übertraf einfach alles.

Eine Herzensangelegenheit

»Guckt euch das an!«, sagte Kim fassungslos.
Marie blätterte ruhig in Philipps Unterlagen und nickte zustimmend.
»Das hier«, sagte sie, »hab ich natürlich auch nicht erwartet, aber um ehrlich zu sein, überrascht es mich nicht. Habt ihr nicht bemerkt, wie er sie immer angeblickt hat?«
»Du meinst: so komisch?«, fragte Franzi.
»So, wie man eben guckt, wenn man verliebt ist.« Marie zog die Augenbrauen hoch und nahm sich einen Stapel Blätter aus dem Ordner. »Er hat sie gut getroffen«, sagte sie und hielt ein Bleistift-Porträt von Annette hoch.
»Er hat sie ja auch gefühlte tausendmal gemalt«, meinte Kim. »Mit und ohne Gorillas, sitzend, stehend, essend, redend, liegend. Unglaublich.«
»Und hier! Hier sind Gedichte!«, juchzte Marie. »Unzählige Liebesgedichte und Liebesbriefe. Es ist verrückt, aber auch unendlich romantisch. Philipp muss wirklich sehr in Annette verliebt sein!«
»Also ›verrückt‹ trifft es eher«, meinte Franzi. »Jemand, der vorgibt, eine Doktorarbeit zu schreiben, nur um mich beobachten und malen zu können … Das fände ich gruselig.«
»Hör dir das mal an. Vielleicht änderst du dann deine Meinung.« Marie begann vorzulesen.

»Annette! Süße Pflegerin!
Du bringst mich um Verstand und Sinn

Du bist die Fee im Affenstall
Ich war verliebt mit einem Knall
Wenn ich dich seh, bin ich erst ich
Sag mir, wann endlich küsst du mich?«

Franzi und Kim sahen sich betreten an.
»Und Philipp hat tatsächlich einen Doktortitel in Literatur?«, fragte Kim zweifelnd.
»Nun ja, dazu muss man ja nicht unbedingt dichten können«, meinte Franzi.
Doch Marie war Feuer und Flamme. Sie nahm sich das nächste Blatt und quiekte entzückt: »Oh, das hier ist noch besser:

Mein Auge, mein Herz
Sehen nur dich
Blühender Sehnsuchtsschmerz
Hält mich

Ein Blick, ein Wimpernschlag
Von dir
Macht einen Wonnetag
Im Hier.

Süß, oder?«
»Also, ich weiß nicht. Ziemlich schmalzig, finde ich«, sagte Kim. »Lasst uns mal lieber wieder auf den Fall zurückkommen. Wenn wir diese neuen Erkenntnisse mit einbeziehen«, sie deutete auf den Berg an Gedichten und Zeichnungen,

»ist Philipp höchstwahrscheinlich nicht der Täter. Es erklärt auch sein merkwürdiges Verhalten, als Sunima entführt wurde, und es erklärt ebenfalls, warum er jeden Tag hier ist, obwohl er seine Doktorarbeiten schon längst abgeschlossen hat.«

»Du vergisst seine Fingerabdrücke auf dem Erpresserschreiben«, wandte Franzi ein.

»Stimmt, guter Punkt«, sagte Kim. »Das wird Philipp uns gleich erklären müssen. Möglicherweise ist er doch irgendwie in die Sache verstrickt, um Annettes Aufmerksamkeit zu bekommen. Wäre ja möglich. Aber dass Bäumler der Haupttäter ist, steht nach dem heutigen Erlebnis auf dem Golfplatz für mich fest.«

Franzi und Marie nickten. Franzi mit ernstem und Marie immer noch mit glücklich beseeltem Gesichtsausdruck.

In diesem Augenblick erschien Philipp im Türrahmen. Sein Gesicht sah wesentlich entspannter aus als vorhin. Doch als er den offenen Aktenordner bemerkte, verdüsterte sich sein Blick und er lief tomatenrot an. »Habt ihr etwa in meinen Sachen herumgeschnüffelt?«, fuhr er die drei !!! barsch an. »Ihr spinnt wohl! Ihr sollt den Entführer finden und nicht meinen Privatkram auf den Kopf stellen!«

»Genau in dieser Mission waren wir unterwegs«, erläuterte Kim. »Du hast dich verdächtig gemacht, weil deine Fingerabdrücke auf dem zweiten Erpresserschreiben waren. Außerdem haben wir mit deiner Doktormutter geredet. Professor Mammal.«

Philipps Gesichtsfarbe wechselte von Tomatenrot nach Taschentuchweiß.

»Ihr habt w…was?«, stammelte er. »D…dann wisst ihr alles?«
»Bis auf das mit den Fingerabdrücken auf dem Erpresserschreiben … ja«, sagte Kim seelenruhig. »Was hast du dazu zu sagen?«
Philipp stöhnte und ließ sich auf einen der Stühle sinken. »Ich glaube, mir war in meinem ganzen Leben noch nie etwas dermaßen peinlich«, sagte er unglücklich. »Aber wenn es sein muss: Vor etwa einem halben Jahr habe ich mich bei einem Zoobesuch unsterblich in Annette verliebt. Und da ja nie sehr viele Besucher da waren und es aufgefallen wäre, wenn ich jeden Tag im Gorillahaus gesessen und sie angestarrt hätte, habe ich mir den Plan mit der Doktorarbeit überlegt. Das war super, denn so konnte ich viel Zeit mit ihr verbringen und sie ansehen.«
»Ach, wie romantisch«, flüsterte Marie.
»Warum hast du ihr denn nicht einfach gesagt, dass du sie toll findest?«, fragte Kim erstaunt.
Philipp sah auf den Boden. »Ich bin viel zu schüchtern. Das hätte ich mich nie im Leben getraut.«
»Und trotzdem haben wir deine Fingerabdrücke auf dem Erpresserschreiben entdeckt«, erinnerte Kim.
»Ich war neugierig«, erklärte Philipp. »Als ich den Brief auf der Bananenkiste gesehen habe, habe ich ihn einfach aufgemacht und gelesen. Ich habe gar nicht darüber nachgedacht. Irgendwie hatte ich gehofft, dass ich Annette besser trösten kann, wenn ich schon weiß, was darin steht. Ich mache mir wirklich Sorgen um sie. Und natürlich auch um die kleine Sunima.«

»Hallo, ihr drei«, begrüßte sie Annette, die gerade einen ausgedienten Autoreifen ins Zimmer hereinrollte.
Philipp sprang auf, um ihr die Tür aufzuhalten.
»Paco liebt dieses Spielzeug«, sagte Annette. »Und der alte ist kaputtgegangen.«
Gemeinsam wuchteten sie das schwere Teil ins Gehege. Wie Annette prophezeit hatte, stürzte sich Paco voller Freude auf den Reifen, strich glücklich über das Profil und balancierte dann fröhlich kreischend im Kreis darauf herum.
Annette lachte. »Das ist so süß«, sagte sie. »Am liebsten würde ich ihnen den ganzen Tag beim Spielen zusehen.«
»Wir würden dir und den Gorillas gerne etwas geben«, sagte Kim mit Stolz in der Stimme. Sie reichte Annette eine silberne Dose. »Das alles haben wir gestern eingenommen. Guck mal rein.«
Annette öffnete die Dose, wühlte ein wenig herum und juchzte: »Das sind ja mindestens 1.000 Euro!«
»2.103 Euro, um genau zu sein«, erklärte Marie. »Wahnsinn, oder?«
»Ihr seid toll!« Annette musste sich setzen. »Eure Werbung gestern war schon Gold wert. Ihr seht ja, was heute im Zoo los ist. So viele Besucher hatten wir seit Wochen nicht mehr. Und dann auch noch dieser Riesenbatzen Geld! Das ist zu schön, um wahr zu sein.«
Die drei !!! blickten einander zufrieden an. »Es hat wirklich Spaß gemacht. Und wenn wir dabei auch helfen konnten, umso besser.«
Annette lächelte. »Ich habe gerade erfahren, dass ein Tierschutzverein, der sich auch um Berggorillas in Ruanda küm-

mert, die Lösegeldsumme zur Verfügung stellt. Das ist großartig! Vielleicht wird ja doch alles wieder gut.«

»Dann hat Nico also Wort gehalten«, murmelte Kim zufrieden.

Philipp schnappte sich einen Stuhl und setzte sich dicht zu Annette. Zögerlich hob er die Hand, als wolle er ihr übers Haar streichen, doch dann ließ er sie unverrichteter Dinge wieder sinken. »Ja, alles wird gut. Da bin ich sogar ganz sicher«, sagte er sanft. Dann blickte er auf und sah die drei !!! eindringlich an. »Ich glaube, gerade habe ich genug Mut …«, begann er.

»Schon verstanden«, unterbrach Kim ihn. »Wir wollten sowieso gerade gehen. Du lüftest deine Geheimnisse und wir … lüften die Geheimnisse des Entführers.«

Ermittlung in der Sackgasse

Kim hatte mit Kommissar Peters telefoniert und der hatte sofort zugesagt, sich mit den drei !!! auf dem Parkplatz des Golfclubs zu treffen.

Nachdem sie ihm alles erzählt hatten, hob er tadelnd den Zeigefinger. »Mädels, Mädels, ich frage lieber nicht nach, wie ihr zu diesen Erkenntnissen gekommen seid, richtig?«

»Richtig«, sagte Franzi. »Das Wichtigste ist doch, dass wir Sunima vor der geplanten Geldübergabe finden. Auch wenn die Lösegeldsumme nun zur Verfügung steht.«

»Ihr habt gute Arbeit geleistet, wie immer.« Kommissar Peters strich sich übers Kinn. »Wenn das stimmt, was ihr sagt, werden wir sicher noch aussagekräftigere Beweise finden und den Täter vorher stellen. Also, legen wir los!«

Sie gingen über den golfballgepflasterten Weg zur Glastür des Golfclubs.

»Heute sind *Sie* unsere Eintrittskarte, Kommissar!«, meinte Marie.

»Wie bitte?« Kommissar Peters sah Marie fragend an.

»Ach, nicht so wichtig.« Marie winkte ab und Kommissar Peters schien sich damit zufriedenzugeben.

Die Tür öffnete sich und sie traten ein. »Herh-h-h-hherz, herzl-l-l-l-l-, w-w-wiwi-l«, stotterte der Lautsprecher.

»Oh, da hat sich die Computerstimme aufgehängt.« Kim grinste. »Die Pleite für Bäumler fängt schon in der Eingangshalle an. Wie praktisch.«

Kommissar Peters trat an das Empfangstischchen, an dem

der Ober von Dienstagabend stand, und zeigte seinen Dienstausweis.
»Wir möchten gerne mit Herrn Bäumler sprechen«, sagte er höflich.
Der Ober musterte sie lange, zögerte und führte sie dann kommentarlos vor die Bürotür des Golfclubbesitzers.
Franzi konnte richtig sehen, wie es in seinem Hirn ratterte. Offensichtlich hatte er sie wiedererkannt, wusste aber nicht, wo er sie hinstecken sollte.
Mit vielen Fragezeichen in den Augen rauschte er ab.
Kommissar Peters klopfte. Ohne auf ein »Herein« zu warten, traten sie ein.
Alles in Bäumlers Büro war entweder grün oder weiß. Als Teppich war Kunstrasen verlegt und die Tapeten an den Wänden zeigten Grashalme in Großaufnahmen. Franzi fühlte sich augenblicklich wie ein winziges Insekt im Dschungel.
Herr Bäumler saß auf einem Metallstuhl hinter seinem weißen Hochglanzlack-Schreibtisch am Computer; in der Hand hielt er eine dampfende Tasse Kaffee. »Polizei und die drei Gorilla-Mädels«, meinte er und grinste belustigt. »Was verschafft mir diese Ehre?«
»Herr Bäumler. Bitte bleiben Sie sachlich«, ermahnte ihn Kommissar Peters. »Diese drei Mädchen haben Hinweise, dass sie einen jungen Gorilla aus dem Zoo entführt haben und nun eine hohe Lösegeldsumme fordern. Außerdem wird Ihnen zur Last gelegt, dass Sie die Wände des Affenhauses verunglimpfend besprüht haben.«
»Ha, so dumm müsste ich sein, dass ich mir diese haarigen

Biester auch noch nach Hause hole.« Herr Bäumler klopfte sich auf die Schenkel, als hätte er eben den lustigsten Witz der Welt gehört. »Nein danke! Außerdem bin ich froh, wenn ich so weit wie möglich von diesem Stinke-Lärm-Affenhaus entfernt bin. Warum sollte ich es besprühen?«

»Sie schlagen doch auch Golfbälle absichtlich auf das Dach«, rief Kim empört.

»Okay, ich gebe zu, dass ich mich unglaublich darüber geärgert habe, dass die Stadt das Grundstück, auf dem das Affenhaus gebaut wurde, nicht an mich verkauft hat. Und ja, ich mache ab und an meinem Ärger darüber Luft, indem ich einen Ball dorthin schieße. Aber das war's auch schon. Mit der Entführung und den Schmierereien habe ich absolut nichts zu tun.«

»Warum besitzen Sie dann Sprühdosen in der fraglichen Farbe? Und von der fraglichen Firma?«, fragte Kim lauernd. »Stierblutrot von der Firma Lackmeier.«

»Frolleinchen, eigentlich geht es dich gar nichts an, mit welchem Sprühlack wir unsere Golfbälle markieren. Doch diese Marke und diese Farbe haben zurzeit einige Leute. Möllers Baumarkt hatte die letzte Woche im Sonderangebot. Da hab ich natürlich zugeschlagen.«

Das saß. Kim wurde ein wenig kleinlaut und blickte Kommissar Peters an.

»Das klingt zwar plausibel, Herr Bäumler«, sagte er mit strenger Stimme. »Aber nicht alle, die Golfbälle in der Farbe Stierblutrot markieren, haben dutzendweise leere Obstkisten zu verstauen. Die Vermutung liegt nahe, dass Sie dort das Futter für den entführten Gorilla aufbewahrt haben.«

Herr Bäumler hörte sich Kommissar Peter's Einwand zufrieden an. Das Gespräch schien ihn zunehmend zu amüsieren. Dann sah er die drei !!! triumphierend an und sagte: »Tja, tut mir leid, wenn euch eure Schnüffeleien auf eine falsche Spur geführt haben. Die leeren Kisten habe ich aus der Restaurantküche. Mein Sohn hat sich in den Kopf gesetzt, sich aus diesen schäbigen Dingern ein Bücherregal zu bauen. Deswegen habe ich sie gesammelt. Ich kapiere zwar nicht, weshalb der Junge einen dermaßen miserablen Geschmack hat, aber bitte.«

Franzi spielte ihren letzten Trumpf aus: »Dann bin ich mal gespannt, ob Sie hierauf auch eine Antwort haben«, sagte sie gereizt. »Die drei jungen Damen, die Sie am Dienstag aus dem Lokal geworfen haben, waren nämlich wir. Marie, Kim und ich. Und ich habe Sie belauscht, als Sie einem Bekannten erzählt haben, wie schwierig es ist, einen Gorilla in der Wohnung gefangen zu halten!«

Herr Bäumler war nun doch überrascht. »Das wart ihr? Interessant. Und du hast mich also belauscht?«

Franzi nickte.

Herr Bäumler fing an zu hüsteln. Das Hüsteln ging über in ein heiseres Kichern. Das Kichern wuchs sich aus zu einem Lachen. Und hörte nicht mehr auf. Herr Bäumler lachte und lachte, bis ihm die Tränen über die Wangen liefen.

Die drei !!! und Kommissar Peters sahen einander irritiert an. War Bäumler etwa verrückt geworden?

»Ich weiß, welches Gespräch du meinst«, rief der Golfplatzbesitzer vergnügt. »Köstlich, wirklich! Ich lade euch und den Kommissar nach oben in meine Wohnung ein. Diesen Gorilla zeige ich euch gerne.« Er wurde erneut von einem Lachanfall geschüttelt und holte sich ein Papiertaschentuch aus der Schublade, um sich zu schnäuzen. »Kommen Sie bitte mit. Hier entlang.«

Herr Bäumler führte sie die Treppe nach oben und schloss seine Privaträume auf. Soweit Franzi sehen konnte, war auch hier alles in Herrn Bäumlers Lieblingsfarben gehalten: Grün und Weiß.

»Die dritte Türe links, bitte. Immer dem strengen Geruch und der lauten Musik nach.«

Franzi musste Herrn Bäumler recht geben. Es roch ziemlich komisch. Ungelüftet und irgendwie nach Raubtier. Dazu spielte der Gitarrist einer Heavy-Metal-Band ein eindrucksvolles Solo.

»Dürfen wir wirklich?«, fragte Kim.

»Ja, ja, nur zu. Mein Sohn freut sich über Besuch. Normalerweise wohnt er bei seiner Mutter. Doch die ist gerade im Krankenhaus, deswegen ist er bis Samstag bei mir eingezogen.«

»Bis Samstag?«, fragte Franzi gedehnt. Sie spulte in Gedanken das Gespräch zwischen Herrn Bäumler und seinem Freund noch mal ab. Konnte es sein, dass Herr Bäumler von seinem Sohn gesprochen hatte und nicht von Sunima? Oh nein!

»Hey, Dad, was ist los? Haben wir Besuch?« Ein Junge in Jogginghosen und Schlabbershirt kam aus dem Zimmer. Er guckte erst ein wenig verwirrt, dann strahlte er Kim an. »Kim? Wie cool, dass du mich besuchst! Aber woher kennst du meinen Dad?«

Kim konnte erst mal gar nicht antworten. Sie starrte Nico nur an. Dass Herr Bäumler kein Gorillababy in seiner Wohnung versteckte, war ihr mittlerweile klar geworden. Aber dass sein Sohn ausgerechnet der nette Nico vom Zoo-Aktionstag war, damit hatte sie nun wirklich nicht gerechnet.
»Äh, hallo«, sagte sie irgendwann schüchtern. »Schön, dich wiederzusehen.«
Franzi warf einen Blick in Nicos Zimmer. Und nun verstand sie, wovon Bäumler *wirklich* gesprochen hatte. Überall auf dem Boden lagen gebrauchte Teller mit Essensresten herum und in der Ecke türmte sich ein stinkender Schmutzwäscheberg. Auf dem Schreibtisch stand ein großes Terrarium, in dem eine Schlange gerade auf einen Ast kletterte. Nico war zwar supernett, aber er war ganz offensichtlich nicht der Ordentlichste. Und frische Luft schien er auch nicht unbedingt zu brauchen.
Kommissar Peters verschränkte die Arme vor der Brust. »Ich glaube, eure ›Beweise‹ haben euch in eine Sackgasse geführt. Hier kommen wir nicht mehr weiter. Herr Bäumler ist eindeutig nicht der Entführer von Sunima.«
»Oh Mann, jetzt schnall ich es erst«, sagte Nico. »Ihr hattet meinen Vater im Verdacht! Nee, der schimpft und poltert immer nur. Aber so weit würde er nicht gehen. Das hätte ich euch vorher sagen können.«
»Na ja, jetzt sind wir schlauer«, antwortete Kim kleinlaut.
»Bitte entschuldigen Sie die Störung«, sagte Kommissar Peters zu Herrn Bäumler. »Wir werden dann mal wieder gehen.«
»Kein Problem. Es war doch recht vergnüglich«, meinte

Herr Bäumler. »Falls Sie mal wieder ein paar Verdachtsmomente gegen mich haben – gerne wieder!«

Nico holte sein Handy aus dem Zimmer. »Wartet mal«, sagte er. »Ich würde gerne mit euch in Kontakt bleiben. Darf ich eure Nummern haben?«

Hausbesuch

Auf dem Parkplatz des Golfclubs nahm Kommissar Peters die drei !!! zur Seite. »Nehmt euch das bloß nicht zu Herzen«, tröstete er sie. »Das passiert den besten Detektiven. Und vergesst nicht: Ihr hattet wenigstens eine Spur. Die weitere Aufklärung des Falls solltet ihr jetzt aber besser der Polizei überlassen.«

Kim, Marie und Franzi nickten höflich und verabschiedeten sich vom Kommissar. Doch alle drei sahen aus, als hätte ihnen jemand die Luft herausgelassen.

»So eine Megapleite«, brummte Kim, als das Polizeiauto außer Sichtweite war. »Wir halten Bäumlers Sohn für einen entführten Gorilla und zu allem Überfluss kennen wir ihn auch noch … Haben wir jemals so komplett danebengelegen?«

Marie blies sich mürrisch eine lose blonde Strähne aus dem Gesicht.

Kim holte ihr Detektivtagebuch hervor und schlug es auf. Dann trennte sie die Seite mit den Notizen und der Verdächtigenliste heraus und riss sie in kleine Stücke. Sie warf sie hoch in die Luft und die Schnipsel rieselten wie Schneeflocken auf den Boden. »Ich setze diesem peinlichen Kapitel hiermit ein Ende.«

Franzi hätte am liebsten auch alles hingeschmissen. Sie fühlte sich genauso mutlos wie ihre Freundinnen. Doch als sie an Sunima dachte, die allein und irgendwo eingesperrt war, wusste sie, dass sie weiterkämpfen mussten. »Wir sind

die drei !!!«, sagte sie. »Wir geben doch nicht so einfach auf. Wir mussten schon viele Rückschläge einstecken, aber wir haben es immer geschafft! Und wir werden es auch dieses Mal schaffen. Alles, was wir brauchen, ist neue Power!«
Sie streckte den Arm nach vorne. »Also, was ist? Seid ihr dabei? Eins!«
Marie und Kim grinsten und streckten ebenfalls den Arm aus. Marie sagte: »Zwei!« und Kim »Drei!«.
Dann riefen sie gemeinsam: »Power!!!«, und rissen die Hände nach oben.
Der Freundinnen-Powerspruch half. Neue Energie schwappte durch ihren Körper und die Zuversicht, dass sie zusammen jedes Problem lösen konnten, strömte hinterher.
Kim ballte die linke Faust und boxte in die Luft. »Du hast vollkommen recht, Franzi. Die drei !!! hören erst auf zu ermitteln, wenn der Fall gelöst ist. Das war schon immer so und so bleibt es auch.«
»Ich finde es immer hilfreich, wenn man jemandem, der nicht so verstrickt ist, von einem Problem erzählt«, überlegte Marie laut. »So ein wenig frischen Gedankenwind könnten wir nämlich schon brauchen.«
»Wisst ihr was?«, überlegte Franzi. »Wir gehen zu Wolf Taler. Wir haben dem Direktor versprochen, ihn auf dem Laufenden zu halten. Er hat zwar sicher schon mit der Polizei über die morgige Geldübergabe gesprochen, aber vielleicht fällt ihm beim Erzählen etwas auf, was wir bisher übersehen haben.«
Marie und Kim waren einverstanden.
Die drei !!! hakten einander unter und machten sich auf den

Weg zum Zooeingang. Vor der Löwenstatue stand ein eng umschlungenes Pärchen und küsste sich innig.
Franzi musste lächeln, weil die beiden so filmreif dastanden. Für einen klitzekleinen Moment überlegte sie, wie es wohl wäre, Blake zu küssen. Ihr Herz machte dabei einen Hüpfer und landete auf einer Zuckerwattewolke. Ihr Blick fiel auf Kim. Die hatte das Liebespaar auch entdeckt und sah alles andere als glücklich aus.
Sie drückte Kims Hand.
»Und ich hatte es so prima verdrängt«, flüsterte Kim. »Aber diese doofe Liebe verfolgt einen auf Schritt und Tritt. Es gehört verboten, so verliebt zu sein wie die beiden da drüben!«
Franzi verstand genau, was Kim meinte. Sie selbst musste sich langsam auch etwas verbieten. Denn wenn Blake weiter so in ihren Gedanken und Gefühlen herumspukte, war sie auf dem besten Weg, sich tatsächlich in ihn zu verlieben. Und das wollte sie ja auf keinen Fall. Oder?

Die drei !!! kämpften sich durch die Menge an Besuchern, die sich auf den schmalen Wegen drängelten. Die halbe Stadt wollte sich offensichtlich versichern, dass es Paco, Pepe und Maria auch ohne Sunima gut ging, und natürlich wollten sie auch allen anderen Tieren einen Besuch abstatten. Zum Büro des Zoodirektors war kaum ein Durchkommen. Direkt neben dem Backsteinhaus war das Gehege der Wallabys. Diese kleinen Kängurus gehörten zu den Lieblingen der Besucher und eine große Menschentraube versuchte einen Blick auf die lustigen Hüpfer zu werfen.
Endlich hatten die drei !!! es geschafft, sich durch die Boller-

wagen mit Gepäck und Kinderbuggys hindurchzuschlängeln. Sie klopften und klingelten, aber niemand öffnete. Ein Tierpfleger trat aus dem Gehege der Mini-Kängurus und bemerkte die drei !!!.

»Falls ihr Wolf Taler sucht, der Direktor ist nach Hause gegangen«, sagte der Pfleger. »Versucht es morgen wieder.«

Franzi wollte auf jeden Fall vermeiden, dass die neue Energie, die ihnen der Powerspruch gegeben hatte, sofort wieder verpuffte, und sagte schnell: »Heute akzeptieren wir keine Sackgassen mehr. Ich weiß, wo Wolf wohnt. Schließlich war ich als Kind oft bei ihm zu Besuch. Wir gehen zu ihm. Die Sache duldet keinen Aufschub.«

Marie verzog das Gesicht. »Okay. Ich bin dabei. Aber diesmal spendiere ich ein Taxi. Ein weitere Busfahrt überlebe ich nicht.«

Die drei !!! stiegen in einem Vorort der Stadt aus dem Auto. Die Siedlung bestand aus vielen kleinen Häuschen, die alle im selben Stil gebaut worden waren. Jedes Fenster war mit grünen Fensterläden geschmückt und über der Tür war das Baujahr des jeweiligen Hauses verzeichnet.

»Das ist aber schön hier«, sagte Marie. »So habe ich mir immer die Dörfer in Märchen vorgestellt.«

»Lustig. Ich habe früher das Gleiche gedacht.« Franzi zeigte auf ein etwas größeres Haus, das oberhalb auf einer kleinen Anhöhe stand und über und über mit Rosen berankt war. »Und ich habe vermutet, dass das dann das Haus von Dornröschen sein müsste. Größer und noch ein wenig schöner als die anderen. Und natürlich mit einer dicken Dornenhecke.«

»Und wohnte sie da?«
»Nee, aber Moritz. Ein Junge in meinem Alter, mit dem ich oft gespielt habe, wenn ich mit meinen Eltern hier war.«
Zielstrebig ging Franzi auf die Nummer 8 zu. Auf einem getöpferten Türschild stand: Taler. Darunter befand sich die Klingel.
Erst drückte sie zögerlich, doch als sich nichts rührte, drückte sie ein paar Mal kräftig darauf. Es rasselte im Inneren.
Nach einer Weile öffnete Wolf Taler die Tür. Als er die drei !!! sah, verzog er seinen Mund zu einem breiten Lächeln. In seinen Augen lag jedoch ein gehetzter Ausdruck.
»Hallo, Franzi! Was für eine schöne Überraschung! Und du hast deine Freundinnen dabei.« Er trat von einem Fuß auf den anderen. »Wollt ihr reinkommen?«, fragte er. Franzi kam es so vor, als hoffte er, dass sie »Nein« sagen würden.
»Wir würden gerne mit dir reden. Über die Ermittlungen«, erklärte Franzi. »Eigentlich wollten wir zu dir ins Büro, aber ein Tierpfleger hat uns gesagt, dass du zu Hause bist. Es ist dringend. Wir brauchen deine Hilfe. Und deinen Rat.«
»Na, wenn das so ist. Dann mal rein mit dem ganzen Detektivteam«, sagte Wolf Taler übertrieben fröhlich.
»Was ist denn mit dem los?«, flüsterte Marie.
»Keine Ahnung«, flüsterte Franzi zurück. »Der benimmt sich so, als kämen wir ziemlich unpassend.«
»Jetzt sind wir da, jetzt fragen wir auch nach seiner Meinung«, sagte Kim bestimmt. »Wir können es ja kurz machen.«
Sie folgten dem Direktor ins Wohnzimmer. Dort sah es aus, als wäre gerade eine wilde Party zu Ende gegangen. Überall

hingen Stücke einer zerfetzten Tageszeitung, verschiedenfarbige Socken lagen quer über den Fußboden verstreut. An der Wand neben dem Fenster hing die Tapete herunter. Der Wohnzimmertisch war mit zerquetschten Tomaten und Orangen übersät.
Franzi betrachtete das Chaos. So etwas hatte sie doch heute schon mal gesehen. Nicos Zimmer war in einem ähnlich katastrophalen Zustand gewesen. War das etwa der neueste Wohntrend? Der Müllhalden-Look? Merkwürdig war nur, dass Franzi sich erinnerte, dass Wolf Taler früher ein großer Ordnungsliebhaber gewesen war. In dieser Hinsicht hatte er seine Meinung offensichtlich geändert.
»Setzt euch doch«, forderte Wolf Taler die drei !!! auf.
Kim, Franzi und Marie sahen einander verzweifelt an. In diesem Wohnzimmer konnte man sich nicht hinsetzen. Zumindest nicht, ohne vorher eine Baggerschaufel voller Zeug zu beseitigen.
Franzi trat ans Sofa und beschloss, sich einfach *darauf*zusetzen. Ganz egal, *was* es war. Es knirschte und wackelte, irgendetwas zerbrach, aber schließlich hatte sie einigermaßen Halt gefunden.
Dies machte Kim und Marie Mut, das Gleiche zu versuchen, und es glückte.
»Was habt ihr auf dem Herzen?«, fragte Wolf Taler. »Ihr sagt, eure Ermittlungen seien ins Stocken geraten?«
»Wir hatten eine sehr heiße Spur, die sich aber dann als Fehler entpuppt hat.« Franzi erzählte von Anfang an. Vom ersten Verdacht bis zu der peinlichen Aktion bei Herrn Bäumler heute Nachmittag. Je länger Franzi erzählte, desto

entspannter wirkte das Gesicht des Zoodirektors. Als Franzi von Nico und seinem Zimmer erzählte, lachte er sogar laut auf. »Dann seid ihr an unaufgeräumte Zimmer ja schon gewöhnt, haha! Ich bin heute einfach noch nicht zum Saubermachen gekommen.«

»Es tut uns so leid, dass wir dir nicht helfen konnten«, sagte Franzi traurig. »Was machen wir denn nun? Morgen ist die Geldübergabe und wir haben überhaupt keine Idee, wer hinter der Entführung stecken könnte.«

»Das vielleicht nicht, aber ihr habt dem Zoo bereits mehr geholfen, als ihr ahnt. Euer Aktionstag und der Artikel in der Zeitung haben eine Besucherwelle ausgelöst, die ich nicht für möglich gehalten habe. An den letzten beiden Tagen hatten wir so viele Einnahmen, dass wir die Monatsrate für das Waisenhaus und noch dazu alle ausstehenden Futterrechnungen begleichen konnten. Das ist …« Wolf Taler strich sich übers Kinn. »Unglaublich.«

Dann setzte er sich auf einen der Ohrensessel, die um den Sofatisch standen. Das heißt, vielmehr setzte er sich auf den hohen Briefestapel, der auf dem Ohrensessel lag. Das ging nicht gut. Franzi beobachtete, wie der Stapel unter Wolf Talers Gewicht nach vorne auswich und der Direktor nach hinten kippte. Sein Gesicht wurde dabei unsanft in das Ohr des Sessels gepresst.

»Hoppla«, sagte der Direktor und schaufelte noch mehr Briefe unter seinem Po hervor, die alle auf dem Boden landeten. Doch auf dem Boden landeten nicht nur Briefe. Franzi riss die Augen auf. Neben ein rotes Werbekuvert war eine kleine Plüschgiraffe gefallen. Eine Plüschgiraffe, wie Sunima

sie immer mit sich herumgeschleppt hatte. Franzi sah genauer hin. Der Stoff am Hals war fadenscheinig und abgewetzt. Das war nicht irgendeine Stoffgiraffe. Das war eindeutig Sunimas. Wie in aller Welt kam sie hierher?
Unauffällig pikte sie Kim, die neben ihr saß, in den Oberschenkel und nickte in Richtung des Plüschtiers.
Kim wollte sich schon über den unsanften Umgang mit ihrem Bein beschweren, als sie begriff, was Franzi ihr da gerade zeigte. Sie zog die Augenbrauen nach oben.
Wolf Taler schien die Giraffe auf dem Boden nicht bemerkt zu haben. »Und was die Entführung betrifft«, sagte er, »natürlich hätte ich mir nichts sehnlicher gewünscht, als den Entführer vor der Geldübergabe ausfindig zu machen und zu stellen. Schon allein, um dem armen Gorillamädchen den Stress der Gefangenschaft und der Polizei-Aktion zu ersparen. Aber da müssen wir auf das Geschick von Kommissar Peters vertrauen. Er hat bereits einen ausgeklügelten Plan für morgen Abend. Wenn alles so läuft, wie wir das abgesprochen haben, wird Sunima keinen Schaden davontragen.«
Wolf Taler schlug die Beine übereinander und die Hose rutschte ein Stück nach oben. Franzi sah, dass er erneut gekratzt worden war. Wieder diese merkwürdigen vier Striche. Mit einem großen Abstand zwischen dem ersten und dem zweiten. Die Wunde musste vom selben Tier stammen wie die, die Franzi am Montag an Wolf Talers Arm gesehen hatte. Sie beschloss, ihn einfach geradeheraus zu fragen.
»Wolf, sag mal, hast du gerade ein besonders kratzwütiges Tier zu betreuen? Oder woher hast du die Verletzungen an deinem Arm und deinem Bein?«

Diese Frage schien Wolf Taler völlig aus dem Konzept zu bringen. Nervös nestelte er am Hosenbein und versuchte, die Kratzspuren zu verdecken. »Das? Ach, halb so wild. Die sind von … äh … den Steinmardern. Wenn man sie einfangen will, werden sie fuchsteufelswild. Da nützen keine Handschuhe. Die kratzen, wo sie einen erwischen, diese Biester, haha!« Er lachte hoch und gekünstelt.

»Steinmarder?«, fragte Kim. »Haben die nicht viel kleinere Pfoten?«

»Na, hallo!« Wolf Taler hustete nervös. »Da hast du unsere Exemplare aber noch nicht gesehen, oder?« Er zeigte mit den Armen einen Abstand von einem Meter. »So groß sind die. Mindestens.« Er lachte wieder.

Marie, Kim und Franzi sahen einander an.

Franzi merkte, dass ihre Freundinnen Wolf Taler auch nicht im Mindesten glaubten.

In diesem Augenblick polterte es im Nebenraum. Und danach hörte man ein leises Quieken.

Marie sah den Direktor misstrauisch an. »Und die Steinmarder haben Sie hier mit dabei? Oder was fiept da so jämmerlich?«

»Nein, natürlich nicht.« Wolf Taler zog sich nervös das Ohrläppchen lang. »Das ist Nofretete, meine Katze. Mit der muss ich heute zum Tierarzt. Deswegen muss sie in diesem Zimmer bleiben und ist wütend.«

Es quiekte wieder und dann hämmerte es an die Tür.

Franzi fuhr wie eine wütende Klapperschlange vom Sofa hoch. »Und deine Katze kann auch gegen die Tür klopfen? Wir sind doch nicht blöd!«

Sie ging zur Tür, die ins Nebenzimmer führte, und öffnete sie. »Sunima!«, riefen Marie und Kim gleichzeitig.
Ein überglückliches Gorillamädchen stürzte heraus, das Franzi sofort die Beine hinaufkletterte, um zu ihr auf den Arm zu kommen.
Sunima klammerte sich an Franzi und gab einen zufriedenen Laut von sich. Es schien ihr gut zu gehen. Zum Glück. Franzi vergrub ihre Nase im schwarzen Gorillafell.

Erklärungsversuche

Selbst als Franzi sich wieder setzen wollte, blieb Sunima an sie geklammert. Also ließen sie sich im Doppelpack auf das Sofa plumpsen. Sunima blickte immer wieder sehnsüchtig auf ihre Plüschgiraffe. Kim, die das beobachtet hatte, hob das Plüschtier auf und gab sie ihr. Sunima packte die Giraffe am Hals und strich sich langsam damit über die Wange.

»Ich wusste, dass du hier bist«, flüsterte Franzi. »Du würdest doch nirgendwo ohne deine Giraffe hingehen, richtig?«

Sunima sah Franzi tief in die Augen und grinste breit. So breit, dass Franzi alle ihre Zähne sehen konnte. Dann kuschelte sich das Gorillamädchen erneut fest in ihren Arm.

Wolf Taler saß aufrecht im Sessel und beobachtete das Schauspiel geistesabwesend, als hätte er selbst keine Rolle darin inne.

Marie war überraschenderweise die Erste, die wieder klar denken konnte. »Sie selbst haben also Sunima entführt. Aber warum?«, fragte sie den Direktor.

»Wir hatten so große Geldsorgen. Und das schon über einen langen Zeitraum. Plötzlich blieben auch noch die Besucher weg, obwohl wir mit dem Gorilla-Waisenhaus eine richtige Attraktion zu bieten haben. Ich habe die Welt nicht mehr verstanden. Dieser Zoo, die Tiere, sie sind mein Leben. Das wollte ich auf keinen Fall verlieren! Und da habe ich mir den Plan mit der Entführung ausgedacht. Das Lösegeld hätte die dringendsten Ausgaben gedeckt. Ein bisschen Aufmerksamkeit für den Zoo habe ich mir natürlich auch erhofft. Letzteres hat ja auch geklappt. Irgendwie.« Er blickte Franzi an. »Als ihr eure Hilfe angeboten habt, erschien mir das wie ein Wink des Schicksals. Noch mehr Aufmerksamkeit für den Zoo? Nur immer her damit, dachte ich. Dass ihr so gute Detektivinnen seid, wusste ich ja nicht.«

»Ein bisschen habe ich mich allerdings schon gewundert, dass du uns den Fall so ohne Weiteres übertragen hast«, sagte Franzi sauer. Plötzlich hatte sie große Lust, Wolf Taler anzuschreien. Doch sie wollte Sunima nicht erschrecken, also zischte sie nur wütend: »Aber wer denkt denn schon, dass du hinter der Sache steckst! Dass du ein Verbrechen begehst, um den Zoo zu retten. Weißt du eigentlich, wie viel Angst wir alle um Sunima hatten? Hast du eigentlich mal an Annette gedacht? Sie kann seit Tagen nicht mehr schlafen …«

Wolf Taler sah Franzi erstaunt an. »Annette?«, fragte er, als ob er nicht glauben könne, was er eben gehörte hatte.

»Ja, Annette! Sie ist überhaupt nicht mehr sie selbst. Total fertig ist sie, die Arme.« Kim holte ihr Handy heraus. »Ich werde ihr gleich mal schreiben, dass wir Sunima wohlbehalten gefunden haben. Dann hat der Nervenkrieg für sie ein Ende.«

In diesem Augenblick drehte sich der Schlüssel im Haustürschloss. Man hörte jemanden im Flur herumwursteln und dann Schritte Richtung Wohnzimmer klappern.

Jemand rief laut und fröhlich: »Ja, wo ist denn mein kleines Gorillamädchen? Ich hab dir was Leckeres mitgebracht!«

Die Tür ging auf und im Türrahmen stand: Annette!

Marie hielt sich vor Schreck die Hand vor den Mund.

Franzi krallte sich so fest in Sunimas Fell, dass die von ihrem Schoß sprang.
Kim rümpfte die Nase und sagte: »Ich glaube, mir wird schlecht.«
Annette starrte die drei !!! entgeistert an. »Was macht ihr denn hier?«, wimmerte sie leise.
»Dasselbe wollte ich dich gerade fragen«, erwiderte Marie. »Du steckst mit dem Direktor unter einer Decke? Hast dich wahrscheinlich immer totgelacht, wenn wir wieder weg waren und wir dir die Schauspielerei von wegen Sunima-Entführung und Sorgenmachen geglaubt haben. Weißt du was? Das ist wirklich das Allerletzte. So was Falsches wie dich hab ich selten erlebt.« Sie zeigte auf Annettes T-Shirt. Es war eines ihrer Motto-Shirts vom Aktionstag. »Und das ziehst du besser aus. Du bist bestimmt keine Werbung für den Zoo.«
Annettes Augen füllten sich mit Tränen. »Aber ich wollte das doch gar nicht. Ich muss euch etwas erklären …«
»Also mir reicht es jetzt. Ich habe keine Lust auf noch mehr Lügen von dir«, unterbrach Kim Annette barsch. Dann zog sie ihr Handy aus der Tasche. »Ich rufe Kommissar Peters an. Und diesmal holen wir ihn nicht umsonst.«

Detektivtagebuch von Kim Jülich
Samstag, 10:28 Uhr
Wir haben sie gefunden! Sunima ist wieder wohlbehalten bei Paco, Pepe und Maria angekommen und hat sofort losgespielt. (Sie war zwar gar nicht so viel von ihnen getrennt, wie wir dachten, aber dazu später mehr.) Obwohl ich, ehrlich gesagt, nach der Pleite bei Herrn Bäumler an einem erfolgreichen Ende

dieses Falls gezweifelt habe. Oder zumindest daran, dass der Fall durch unsere Recherchearbeit gelöst werden kann. Aber der Zufall hat uns diesmal sehr geholfen. Oder eher das Glück?
Zuerst dachten wir drei ja, dass der Entführer ein ausgekochter Profi ist. Aber das Gegenteil war der Fall. Franzi hat sich gestern noch ziemlich geärgert, dass sie die Wunde an Wolf Talers Arm (als sie ihm gesagt hat, dass Sunima entführt wurde) nicht weiter beachtet hatte. Dabei war sie typisch für Sunima. Der große Abstand zwischen dem ersten und dem zweiten Striemen … Sunima fehlt doch der Nagel am Zeigefinger! Und sie hat sich eben gegen das ständige Hin- und Hertragen gewehrt. Franzi macht sich solche Vorwürfe, dass sie nicht gleich Verdacht gegen Wolf Taler geschöpft hat. Aber er schien so verzweifelt, dass Franzi die Möglichkeit, dass er hinter der Entführung stecken könnte, gar nicht in den Sinn gekommen war. Marie und ich konnten sie hoffentlich beruhigen. Denn auch wir haben überhaupt nicht in diese Richtung gedacht. Wir sind wie selbstverständlich davon ausgegangen, dass ein Zoodirektor das Wohl seiner Tiere im Kopf hat und sie nicht dazu benutzt, Verbrechen zu begehen. Auch wenn hinter dem Verbrechen nicht Habgier und Eigennutz stecken, sondern der Versuch, den Zoo finanziell zu retten.
Dafür – vor allem weil er Sunima gut behandelt hat – hätten wir fast noch Verständnis aufbringen können. Auch wenn es der völlig falsche Weg war.
Aber das, was ans Tageslicht gekommen ist, als Kommissar Peters den Zoodirektor und Annette verhört hat, ist unverzeihlich und haarsträubend. Franzi musste sogar kurz aus dem Zimmer gehen, so wütend war sie auf Wolf Taler.

Ich schreib es jetzt kurz und schmerzlos einfach hin:
WOLF TALER HAT ANNETTE DAZU GEZWUNGEN, BEI SEINEM ENTFÜHRUNGSPLAN MITZUMACHEN!
Ist das nicht unglaublich? Er hat ihr gedroht, sie zu entlassen, wenn sie nicht mitmacht. Wie gemein und fies. Er wusste genau, dass sie einwilligt, denn sie liebt die Gorillakinder und wollte ihnen helfen. Außerdem ist es ihr absoluter Traumjob. Ihr tut alles schrecklich leid. Und ich habe ihr geglaubt. Sie hat ja nicht gewusst, dass gerade zu dem Zeitpunkt, als die Entführung geplant war, wir drei !!! auf der Bildfläche erschienen. Es blieb ihr also nichts anderes übrig, als bei dem bösen Spiel mitzuspielen. Und uns anzulügen. Ihr ging es aber wirklich schlecht. Nicht, weil sie sich Sorgen um Sunima gemacht hat, sondern weil sie ständig Angst hatte, dass sie auffliegt. Manchmal war das nämlich haarscharf. Zum Beispiel als sie am Dienstagabend die Affenhauswände besprüht hat. (Ja, richtig! Das war Annette! Auch dazu hat Wolf Taler sie gezwungen, weil er wollte, dass der Verdacht noch mehr auf Herrn Bäumler fällt. Und leider ist das ja auch gelungen, grumpf.) Oder wenn sie abends Sunima zu den anderen ins Gehege gebracht hat. (Schon wieder unglaublich, oder? Sunima hat also jede Nacht friedlich in ihrer Hängematte geschlafen. Nur die Tage hat sie bei Wolf Taler verbracht. Deswegen waren Paco, Pepe und Maria auch überhaupt nicht beunruhigt. Und Sunima ja auch nicht. Sie hatte ihre Bezugsperson und ihre Bezugsaffen ja fast immer um sich. Nicht zu vergessen: ihre kleine Stoffgiraffe!) Annette musste dabei ständig aufpassen, dass niemand sie sieht und sie sich nicht verplappert. Also: Alles in allem kein Wunder, dass sie völlig fertig war.

Dass sie uns leidtut, heißt aber nicht, dass sie nichts falsch gemacht hat. Sie hätte uns ja auch einfach vertrauen und sagen können, was los ist. Oder gleich zur Polizei gehen. Aus Angst bei einem Verbrechen mitzumachen, schützt nicht davor, sich selbst schuldig zu machen, das ist klar.
Kommissar Peters meinte aber, dass sie mit einer viel milderen Strafe davonkommen wird als Wolf Taler. Und dass sie sogar höchstwahrscheinlich die Pflegerin der Gorillakinder bleiben darf.
Das freut mich richtig – denn alles andere wäre für Annette und auch für Paco, Pepe, Maria und Sunima eine Katastrophe.
Gegen Wolf Taler wird jetzt erst einmal der Staatsanwalt Anklage wegen Betrugs und Erpressung erheben. Und ob er jemals wieder in seinem Beruf arbeiten darf? Ich weiß nicht, was ich mir da wünschen soll. Auf der einen Seite war er jahrzehntelang ein verantwortungsvoller Direktor und auf der anderen Seite macht er dann so was …
Kommissar Peters war uns im Übrigen total dankbar, dass sich der Fall vor der Geldübergabe gelöst hat. Ein Täter, der in die Einsatzpläne der Polizei genauestens eingeweiht ist – das hätte nur grandios schieflaufen können. Außerdem glaubt er, dass die Besucherzahlen durch diesen Skandal weiter steigen werden und der Zoo wahrscheinlich bald seine Geldsorgen los sein könnte. Das wäre toll!
Falls es aber weiter Probleme gibt, schreibe ich gerne noch einmal einen Artikel. Oder wir machen noch einen Zoo-Aktionstag? Marie hat bestimmt schon tausend Ideen für neue Shirts. Und Appetit auf Affenkuchen? Ich könnt jetzt schon wieder einen verdrücken!

Geheimes Tagebuch von Kim Jülich
Samstag, 11:51 Uhr
Hallo allerseits! Schultergucker, Geheimnisse-Leser und sonstiges Neugier-Pack. Seit Neuestem habe ich beste Verbindungen zur Presse. Fordert euer Glück nicht heraus und hört sofort auf zu lesen! Mit einem Presse-Ausweis habe ich überall Zutritt. Und dann sind eure kleinen Geheimnisse MEIN!
Nico hat mich gefragt, ob ich morgen etwas mit ihm unternehmen möchte. Nur wir beide, ganz allein. Das ist total nett, aber im Grunde meines Herzens wünsche ich mir, dass Michi mir so was schreibt. Nico ist superlieb, aber er ist nicht Michi! Deswegen habe ich Nico zurückgeschrieben, dass ich mich sehr freue, aber ob wir nicht gemeinsam etwas mit Franzi unternehmen wollen. Wir haben dann vereinbart, dass wir morgen früh bei Franzi Kuchen backen. Für die Feier zu Sunimas glücklicher Rückkehr.
Warum hört dieses Schaben und Nagen in meiner Brust nicht auf, wenn ich an Michi denke? Immerhin war der Aktionstag nicht so schlimm, wie ich befürchtet hatte. Ich fand es sogar ziemlich süß, wie Holger Marie unterstützt hat, obwohl er sich sicher auch Schöneres vorstellen kann, als einen ganzen Tag T-Shirts zu verkaufen. Und Blake und Franzi? Meine Güte. Die sind so verliebt ineinander und checken es selbst nicht! Dass ich das ohne großes Heulen und Zähneklappern ansehen kann, ist bestimmt schon ein erster Schritt in Richtung Heilung. Bestimmt? Bestimmt!

Freundinnen-Hilfe

Franzi lag in der Badewanne und hörte zu, wie die Schaumblasen um sie herum leise platzten. Der Tag gestern war eine ziemliche Berg-und-Tal-fahrt gewesen. Zum Glück hatte er gut geendet, aber die Anstrengung und die Aufregung waren ihr ganz schön in die Knochen gefahren. Sie streckte ihr Bein aus dem Wasser. Es war rot und dampfte ein wenig.

Püdelidü! Die Türglocke schellte. Mist! Sie war allein zu Hause.

Sie stieg aus der Wanne und zog sich den grün-blau gestreiften Kuschelbademantel an, den ihr Marie zum Geburtstag geschenkt hatte.

Dann hastete sie die Treppe hinunter. Vielleicht war es nur der Postbote und sie konnte sich gleich wieder in die warmen Fluten stürzen?

Vor der Tür stand Kim. »Kann ich reinkommen?«, fragte sie.

»Klar. Ist was passiert?«

»Nee, eigentlich nicht. Aber ich hab mich erinnert, wie Tinka letzte Woche meine Gedanken und Gefühle geordnet hat, und da dachte ich – vielleicht könnte ich noch einmal zu ihr? Und zu dir?«

»Alles kein Problem, aber lass mich schnell noch was anziehen.« Franzi hechtete nach oben und kam eine Minute später in ihren Stallklamotten zurück. »Tinka wird sich freuen«, sagte sie.

»So, und jetzt weißt du alles. Meine komplettes Michi-Durcheinander und mein ganzes Gefühlschaos.« Kim streichelte Tinkas Hals und legte ihren Kopf an den warmen Bauch der Rappstute. »Das Schlimmste ist, dass mich der Liebeskummer immer so plötzlich überfällt. In einem Moment meine ich, es läuft ganz gut und es wird schon wieder, und im anderen Moment könnte ich mich einfach nur heulend auf den Boden werfen.«
Franzi spürte einen Stich im Herzen. Was sollte sie Kim nur antworten? Die Arme. Sie ging zu ihr und strich ihr übers Haar.
»Es tut so weh. Und ich fühle mich so schrecklich hilflos«, weinte Kim, das Gesicht immer noch tief in Tinkas Fell vergraben.
»Wenn es dir guttat – klettere doch einfach wieder auf Tinkas Rücken«, schlug Franzi vor.
Sie half Kim aufsteigen und die legte sich – wie beim ersten Mal – mit dem Oberkörper in Tinkas Mähne.
Franzi stülpte Tinka ein Stallhalfter über und führte sie in der Koppel spazieren.
Nach einer Weile richtete Kim sich auf. »Danke, dass du für mich da bist«, sagte sie und sah Franzi strahlend an. »Ich habe zwar keinen Freund mehr, aber dafür die beiden besten Freundinnen, die man sich vorstellen kann.«
Tinka wieherte empört und Kim musste lachen.
»Entschuldige, Tinka«, sagte Kim und klopfte die Stute zärtlich am Hals. »Ich meine natürlich *drei* beste Freundinnen.«
»Weißt du was?«, meinte Franzi. »Jetzt rufst du deine Eltern an, dass du hier bei mir schläfst. Schlafanzug und Zahnbürs-

te leihe ich dir. Und dann schauen wir uns einen Actionfilm an. Liebesfilme sind zurzeit nicht die richtige Kost für dich.« Kim nickte erleichtert. »Das klingt gut«, sagte sie.

Am nächsten Morgen sah Franzi ein großes schwarzes Auto mit überhöhter Geschwindigkeit auf den Hof fahren. Das Auto-Ungetüm bremste mit quietschenden Reifen und hielt neben ihrem alten Kombi an.
Polly humpelte aufgeregt näher, um zu sehen, wer die wunderbare Stille, die vorher geherrscht hatte, störte. Und um zu sehen, ob diese Störung möglicherweise Schnürschuhe trug …
Die schweren Türen des Autos klackten auf und Herr Bäumler und Nico stiegen aus.
»Hallo, Nico, hallo, Herr Bäumler«, rief Franzi und winkte. »Kim und ich sind hier drüben!«
Herr Bäumler sah sich um, während sie auf Franzi und Kim zuliefen. »Dein Geschmack lässt wirklich zu wünschen übrig, Sohnemann«, brummte er. »Anstatt dass du dich für schnelle Autos und Bälle interessierst, baust du dir Kistenregale, hilfst irgendwelchen Affen und suchst dir Freundinnen, die in der Pampa wohnen und Unschuldigen hinterherspionieren. Nun gut, ab morgen muss sich zum Glück deine Mutter wieder mit dir auseinandersetzen.«
Nico grinste Kim an und sagte. »Gib es doch einfach zu, Papa. Du findest die drei !!! gar nicht so übel, stimmt's?«
»Eine gewisse Kreativität kann ich ihnen nicht absprechen.« Er klimperte mit dem Autoschlüssel und wandte sich an Kim. »Wann soll ich Nico wieder abholen?«

»Gar nicht«, sagte Kim. »Wir fahren nachher mit Franzis Vater zum Zoo. Von dort aus ist es ja nur noch ein Katzensprung zu Ihnen.«
»Katze … Bleibt mir bloß mit euren ganzen Viechern vom Hals. Dann geh ich mal wieder.«
Belustigt sahen Kim, Franzi und Nico zu, wie Herr Bäumler, der nigelnagelneue weiße Sneakers mit Schnürsenkeln trug, mehrere Male auf dem Weg zum Auto von Polly angegriffen wurde. Mit sichtlich erleichtertem Gesichtsausdruck verschwand er im Auto und raste davon.
»Richtig ähnlich seid ihr euch aber nicht«, meinte Kim.
Nico lächelte. »Auf den ersten Blick nicht. Er benimmt sich eben manchmal wie ein richtiges Ungeheuer. Aber im Grunde ist er ein netter Mensch. Er kann es nur gut verstecken.«
»Zumindest wird er den Zoo nicht weiter mit Anzeigen belästigen. Das haben wir dir zu verdanken«, sagte Franzi dankbar.
Nico lächelte. »Ja, er lässt die olle Grundstücksgeschichte nun zum Glück auf sich beruhen«, sagte er. Dann kramte er in seiner Umhängetasche und überreichte Kim eine Papiertüte. »Hier, wie versprochen. Getrocknete Früchte des Affenbrotbaums. Ein Freund hat sie mir per Express geschickt. Legen wir los?«

»Das ist der größte Affenkuchen, den die Welt je gesehen hat«, sagte Kim zufrieden und legte den Löffel aus der Hand, mit dem sie das Bananenmus auf dem Kuchen verteilt hatte. »Da die Welt bisher nur eine sehr begrenzte Anzahl dieser

Köstlichkeiten genießen durfte, magst du recht haben.« Franzi grinste.
Nico nahm den Karton mit dem Kuchen und trug ihn zum Auto.
»Ein bisschen schade ist es schon, dass Nico morgen wieder nach Hause fährt«, sagte Franzi, als er außer Hörweite war, und nahm die Kiste mit Obst und Gemüse, die für die Gorillakinder bestimmt war.
Kim überlegte. »Ja, ein bisschen«, sagte sie schließlich. »Aber er bleibt uns ja ein Stück erhalten.«
Franzi sah sie fragend an. »Das verstehe ich nicht.«
»Na ja, nicht direkt uns, aber dem Backservice deiner Mutter«, erklärte Kim. »Er hat versprochen, sich um Nachschub in Sachen Affenbrotbaumfrüchte zu kümmern.«
Franzi klatschte in die Hände. »Dann kann der Affenkuchen ins Dauersortiment aufgenommen werden? Sehr gut!«

Und zum Glück bist du zurück!

Auf der Wiese vor dem Affenhaus lagen die Besucher auf Picknickdecken und genossen die warme Maisonne.
»Das sieht ja gemütlich aus«, sagte Herr Winkler, der mit Franzi, Kim und Nico mitgekommen war, um Sunima nach ihrem überstandenen Abenteuer zu besuchen.
»Huhu, da drüben steht Marie!« Kim winkte ihrer Freundin zu, die an der Eingangstür des Waisenhauses auf sie wartete. »Diesmal sind also *wir* zu spät.«
Doch Marie schien trotz der Wartezeit bester Laune zu sein. Vielleicht lag das aber auch an ihrem neuen, umwerfend schönen Seidenschal, auf dem prächtige Pfauenfedern prangten. »Kommt rein, ihr werdet staunen«, sagte sie vorfreudig.

Das Gehege der Gorillakinder war wie für einen Kindergeburtstag geschmückt. Quer durch den Raum waren Wimpelketten gespannt und Paco und Maria warfen bunte Bälle hoch in die Luft. Pepe und Sunima kletterten gemeinsam auf dem neuen Autoreifen herum.
Annette und Philipp waren mit im Gehege. Franzi fiel auf, dass Philipp eine der grünen Tierpfleger-Latzhosen des Zoos trug.
Die drei !!! winkten den beiden zu. Annette bedeutete den drei !!!, dass sie zu ihnen herauskommen würde.
Als sie den Kuchen und die Obst- und Gemüsekiste sah, sagte sie: »Das wird ein richtiger Festschmaus. Wie wunderbar. Wir haben schon alles andere vorbereitet.« Dann deutete sie

auf Philipp. »Darf ich euch vorstellen? Mein neuer Freund. Ich bin so glücklich, dass er mir seine Liebe gestanden hat. Ich bin seit Monaten in ihn verschossen, aber ich habe mich nicht getraut, es ihm zu sagen. Er ist soooo romantisch! Stellt euch vor, er hat mir sogar ein Liebesgedicht geschrieben.«

»Nur eines?«, fragte Kim grinsend.

Annette sah sie verwirrt an. »Ja, wieso?«

Franzi knuffte Kim in die Seite. »Ach, gar nichts! Wir freuen uns riesig für dich. Echt!«

»Und stellt euch vor: Philipp hat beschlossen, eine Ausbildung als Tierpfleger zu machen. Wir dürfen also auch noch zusammen arbeiten. Ist das nicht klasse? Vielleicht kann er sogar mal in Wolf Talers Fußstapfen treten. Beruflich, meine ich natürlich.« Annette hüstelte verlegen. »Jetzt muss ich nur noch abwarten, ob ich mit einer Geldstrafe davonkomme. Kommissar Peters wird sich für mich einsetzen, dass es nicht so schlimm wird.« Sie zögerte und fuhr dann fort: »Ihr seid mir doch nicht mehr böse, oder?«

Die drei !!! schüttelten gleichzeitig den Kopf.

»Puh, zum Glück. Ich bin so erleichtert, dass die Sache vorbei ist. Und ich bin froh, dass ihr Sunima gefunden habt! Ehrlich. Ich habe mich die ganze Zeit dermaßen schlimm gefühlt …«

Kim hakte Annette unter und zog sie Richtung Personalraum. »Gegen schlimme Gefühle hilft – und das weiß ich aus eigener Erfahrung – Schokolade am allerbesten.«

Sie saßen um den kleinen runden Tisch im Personalraum. Franzi hatte Sunima auf dem Schoß, Marie Maria, Kim den

kleinen Paco, Nico Pepe und Philipp Annette. Nur Herr Winkler durfte den Kuchen in Ruhe genießen. Die Tischplatte sah aus wie ein Schlachtfeld. ALLE hatten ALLES probiert – und dabei ausgiebig gekrümelt.
Philipp kramte in seiner Tasche und faltete einen Zettel auseinander.
»Ich muss nun etwas verkünden«, sagte er.
»Das ist doch hoffentlich kein weiterer Erpresserbrief«, sagte Herr Winkler lachend.
Annette kuschelte sich in Philipps Arme und linste darauf. »Sieht nicht danach aus«, meinte sie. »Das ist eher was Poetisches.«
Philipp räusperte sich und begann zu lesen:

»Zum Glück bist du zurück
Am Montag war's – ein Riesenschreck
Sunima, du warst plötzlich weg

Ein Schreiben, jemand will viel Geld
Verrät nicht, wo er dich gefangen hält

Doch die drei Ausrufezeichen
Lassen keine Zeit verstreichen

Sammeln Spuren und Beweise
Sogar zur Uni führt die Reise

Verdächtigen den Bäumler-Mann
Mit seinem Golfclub nebenan

Ich selbst gerate ins Visier
Dieser Detektivinnen hier

Doch am Ende kommt heraus
Sunima ist in Talers Haus

Wirklich niemand hat gecheckt
Welch fiesen Plan er ausgeheckt

Nun ist Sunima wieder da
Und wir rufen laut …«

Philipp grinste und sah die drei !!! auffordernd an.
Franzi, Kim und Marie blickten einander an, warfen die Arme nach oben und antworteten laut: »Hurra!« Dann umarmten sie die Gorillakinder, die sich verdutzt zu ihnen umgedreht hatten.
»Selten war ich so rundum zufrieden mit dem Ausgang eines Falles«, meinte Kim. »Obwohl wir schon eine gute Portion Glück gebraucht haben, um ihn zu lösen.«
»Stimmt«, meinte Marie. »In Sachen Ermittlungen waren wir schon mal schneller.«
Franzi nickte und strich Sunima über das Rückenfell. »Ja, das war eine ganz haarige Geschichte. In allen Belangen. Aber jetzt ist alles gut, nicht wahr, meine Kleine?«
Sunima quiekte zustimmend und kuschelte sich glücklich in Franzis Arme.